欧洲人

THE EUROPEANS

[美] 亨利·詹姆斯 著　郑植 译

吉林出版集团股份有限公司

目录

第一章

从萧索的小客栈远眺，在一座川流不息而又冷漠无情的城市中央，横卧着一处窄窄的墓园。这里绝非生机勃勃的景象。当破败的墓碑和古旧的葬礼阴影，徒增滞浊潮湿的落雪时，墓园的景色，也并不是一年中最烂漫的时节。尽管空气随着寒冷的毛毛细雨变得厚重起来，日历恰巧显示含有上帝福报的春季已经降临世间六周了，但可以确信的是，从地上的景色看，悲观沮丧的自然之力不会从中消逝。

事实上，上溯三十多年前，在某年的五月十二日，一位住在波士顿老城最豪华饭店的女士临窗远望，就敏锐地察觉到了这个迹象。她已经站在那里半个小时了，每隔一段时间就站在那里；

她偶尔转身返回，在房间里来回踱步。房间壁炉里炽热的火焰透出一簇蓝色的光芒，火炉前的桌子旁，一位年轻的男子正用铅笔挥舞才情。他将一沓沓纸张切成等量的小正方形，似乎在上面涂抹着奇形怪状的设计图稿。年轻人动作迅速，全神贯注，时而仰头，将画作举到一臂的高度，发出清脆悦耳的簌簌声。这位女士与男子擦肩而过，她身上精心裁剪的裙子宽松如云。女士从来没有看男子的作品，她只是在路过的时候，带到屋子另一端梳妆台高高的镜子旁。她在镜子旁停了一会儿，时而双手叉腰，时而用丰腴纯美的手指拂过发辫，半是轻抚，半是梳理。细心的观察者可能会欣赏这种漫不经心的忘却忧郁的对影自怜，但是一旦她再次走近窗旁，就会发现那神态明显是个郁郁寡欢的女人。确实，她眼眸里没有一丝的喜悦。

窗玻璃在冰雹的撞击下已显得破旧不堪，墓园里的石碑似乎要挣脱身子，睥睨世界。一束高高的铁栏杆把它们与街道区隔开，栏杆的另一端是一群群正在踩积雪的波士顿人。很多人来回地打量着，他们似乎在等着什么。一会儿，一辆奇怪的马车驶向他们等待的地方——尽管熟悉各种人类发明，但是窗前的女士似乎从没见过这种马车：这是一辆巨大的低座马车，彩绘鲜艳夺目，车身似乎装有铃铛，一对矮小的马沿着砖石路的车辙用力前跃，牵引车辆，发出隆隆的响声。墓园旁等待的人多数是女人，她们带着挎包或小包裹，当马车靠近墓园前时，把轻巧的身躯挪进了车厢。很快，车厢内的巨大空间挤满了人——这一场景让人联想起海难中争夺救生船的空间。接下来，救生船，或者按照窗前女士自己取的名字叫救生车，在船首舵手（控制车轮的马车夫）极不协调的导航下，在无形的车轮上横冲直撞，发出叮当声，渐行渐远，每隔三分钟这一幕就会重现。身穿斗篷，带着手提袋或手提包，迫不及待想上车的女士们，以大手大脚的方式，源源不断地补充到这些等待的人群中。墓园的另一边是一连串小型的红砖房，虽然装修普通，但是很有家的感觉；宾馆尽头正对着一栋高耸的木质教堂，教堂涂成白色的尖顶，高得与天上飘下来的雪花混为一色。

窗前的女士注视它一段时间，出于个人原因，她认为这是自己见过的最丑陋的建筑。她讨厌并嫌弃这样的景色，这种风景让她不需要任何理由就觉得非常难受。之前，她还从来不觉得自己那么在意教堂尖顶。

她长得并不漂亮，但是，当她表达自己复杂的怒火时，她的脸庞是最富有趣味、最为养眼的。她并非春心萌动，然而尽管身材窈窕，有着极其时髦的圆润体型——这种体型兼具成熟和柔韧的风韵，年方三十有三的她，却将自己活成了端着满满的酒杯、轻盈空灵的青春女神赫柏。用法国人的话说，她的面容枯槁憔悴，大嘴巴，厚嘴唇，牙齿不齐整，下巴很一般。她的鼻子很厚，当她微笑的时候——她一直在微笑——鼻子旁边的线条相对眼睛升得太高了。但她的眼睛很迷人，呈灰色，迅速扫视时显得聪明，温柔注视时，充满智慧。她额头很低——这也是她脸上唯一值得称赞的地方。她留着精心盘卷的深色长发，从卷发方式上看，散发着遥远的南方或东方异域女性的味道。她的耳环很丰富，经常换着款式戴，这都给她平添了一丝东方风情或异域风韵。曾经有人这样恭维她，而且不止一次，这种恭维比起其他奉承话，更让她觉得春风荡漾："是不是淑女？"某人曾经问道。"凭什么？她的颜值让人不敢恭维。""我不知道她长相如何。"一位独具慧眼的观察者曾经这样回答，"但她摆弄自己的脑袋时，像是个风姿绰约的女士。"你可以想象，自此之后她更加不恰当地摆弄自己的脑袋了。

最终她从窗户前转过身，双手掩目，"太可怕了！"她尖叫道，"我应该回去——我应该回去！"她像飞似的回到了壁炉前的椅子上。

"等一会儿，乖孩子。"年轻人从小纸片样的草图上停下笔，轻声细语地说道。

女士伸出了她的双脚，脚很小，鞋上有朵大大的玫瑰花结。她盯了一会儿玫瑰花结，又看了看炉箅里炽烈燃烧的硬煤。"你可曾从这火堆中看出如此狰狞的一面？"她问道，"你有没有看到什么*可怕的*[①]事情？"她说英语的时候咬字出奇地标准，但是夹杂其中的法语单词表明，她更习惯用法语词汇表达。

"我认为这团火非常美。"年轻人注视了片刻后说道，"这些在猩红色灰烬上跳动的蓝色小火苗非常应景。它们就像炼金术

① 原文为法语的，全书译文均为斜体。全书脚注均为译者注，特此说明。

士实验室里的火一样。”

“亲爱的，你心肠太好了。”他的同伴这样断言。

年轻人举起其中一幅画作，头歪到一边。他的舌头随着下唇轻微颤动：“好——心——肠——那——是——必——须——的，但——是——太——过——古——道——热——肠——那——就——不——行——了。”

“你发火了。”女士看着她的鞋说道。

他又拿起画稿，说：“我觉得你只是想说自己被惹怒了。”

“哎呀，那个嘛，说的是！”他的同伴略带苦笑地说道，“这是我人生当中最惨淡的日子——你知道这背后的意思。”

“静待明天吧。”年轻人回复道。

“是的，我们犯了大错。如果今天还有疑惑的话，明天我们可就一无所获了。*至少这点将是板上钉钉的！*”

年轻人握着笔沉默了片刻。“世上本无所谓对错。”最后他斩钉截铁地说。

“对于那些脑瓜不够聪明、无法领受这些东西的人而言，这点千真万确。不要承认某人的错误——这样人生就快活了。”女士仍然盯着她那双美足不放。

“我的好姐姐。”一直专注于画作的年轻人说，“头一次听你这样讲，说我不聪明。”

“嗨，按照你的理论我不能称之为错。”他的姐姐一语中的。

年轻人放声大笑后说："好姐姐，至少你的脑瓜够灵光。"

"我可没把自己想得那么机灵。"

"那你是怎么想的？"弟弟问道。

女士转了下头，瞪了他一眼，"你就那么确信不会错？"

"如果你愿意，我会承担责任。"年轻人抬头笑着说。

"那好。"她立刻回答，"在这些事情上你分不清，没有财产观念。"

年轻人又一次露出了爽朗的笑容："如果按照那个说法，我就是无产无业，你说得对！"

"别拿你的贫困开玩笑。"姐姐说道，"吹嘘这点够俗的。"

"你说我贫困！我刚画完一幅画，能给我带来五十法郎！"

"*那就让我们看一眼吧。*"女士伸出手说道。

他又在画上添了一两笔，把它交给姐姐。女士看着画，但是接着自己之前的念头："如果一个女性问你愿不愿意娶她，你会说：'亲爱的，当然乐意啊！'然后你娶了她，过上了莫名其妙的幸福生活。三个月过后的最后一段时间你会对她说：'还记得当初我追你那段美好的日子吗！'"

年轻人从桌边站起来，伸了伸胳膊，走到窗前。"这是对大自然迷人一面的写照。"他说。

"啊！对，你是有迷人的天性，在我们首都我就注意到了。要不是被你说服，我是永远不会冒险带你来这个晦气的国家的。"

“有意思的国家，让人愉悦的国家！”年轻人叫道，接着他露出了最肆无忌惮的笑容。

“这些女的非要拼了命地挤进马车？”他的同伴问道，“你认为这儿哪里吸引你了？”

“我觉得里面肯定有绅士。”年轻人说道。

“在每组人群里都能见到？她们都是成百成百来的，而且这个国家的男人并不都帅。至于女人——自从我离开修道院从没见过这么多的。”

“这些女人非常漂亮。”她弟弟说，“整个场景非常有趣。我必须画下来。”他迅速回到桌前，拿起他的画具——一张小的速写板、一张纸和三四支画笔，走到窗前，他俯瞰街景，娴熟地操起画笔。投入工作的时候他脸上绽放出灿烂的笑容。用灿烂一词来形容此刻的心情一点都不为过——他的脸仿佛泛起了一层亮光。此人二十八岁，身材矮小，体态轻盈匀称。尽管长得很像姐姐，但他相貌堂堂：一头金发，脸庞干净，看上去很机智，容貌经过精心修整，举止彬彬有礼，一点儿也不让人觉得很严肃；他长着一双温和的蓝眼睛，眉毛仔细勾画，呈现出夸张的弓箭形——如果大家闺秀和小家碧玉都向她们的情郎献上十四行诗，那眉毛将会成为歌颂的主题；嘴唇上的小胡子，会因为持续不断的笑容而舒展开来。他的面部表情亲切而生动，但是，正如我已暗示过的，一点也不严肃。在这方面，这个年轻人的面孔是奇特的，它一点也不严肃，却给人一种充满活力的自信。

“你要明白这是在雪里。”姐姐说道，“*天哪*，这是什么天气！”

“我会把整幅草图全部留白，把人像小影画成黑色。”年轻人笑着回答道，“我会怎么称呼来着——用济慈的诗来说——五月中旬的娇宠！[①]”

“我不记得妈妈什么时候这样对我说过。”姐姐说。

“妈妈从来没对你说过失礼的话，哪天她都没这样说过——你会看到，明天我们将迎来光辉灿烂的新篇章。”

“*你怎么知道的*？明天我就要走了。”

“去哪？”

“反正不是这里。我要回希尔贝尔斯塔特，给摄政王写信。”

年轻人稍微抬了抬头，瞧了她一眼，手里的笔停了下来。“我的好姐姐尤金尼亚。”他喃喃道，“你为什么得意忘形呢？”

尤金尼亚站起了身，手里紧紧握着弟弟给的画稿。这幅素描角度大胆，表现力丰富——画面中一群人坐在轮船上，神情悲惨阴郁，抱成一团，彼此紧紧相依，而船正以可怕的角度往深渊倾斜。画作构图极其高明，充满悲喜交加的气氛。尤金尼亚眼睛下拉，一脸苦相。“你怎么能画出这么恶心人的玩意儿？”她问道，“要是换成我，早就扔火堆里去了。”于是她把画稿扔到一边。

---

① 出自济慈的名篇《夜莺颂》。

弟弟静静地看着，看画稿落向何方。最终画稿飘到了地板上，他让它安静地躺在那儿。

姐姐走到窗前，手叉在腰上。“为什么你不指责我？痛骂我？”她问道，“我觉得我本该过得更好的。为什么你不告诉我，因为我把你带到这个地方，你很讨厌我？”

“因为你不相信。我爱你，我的好姐姐！我很乐意待在这里。我对未来充满信心。”

“我不知道是什么捆绑了我的心，我昏头了。”尤金尼亚接过话茬儿。

年轻人还在继续摆弄他的画笔。“毫无疑问，这是世界上最奇妙、最有趣的国度。我们现在就在这儿，而且，说真的，我很享受这里的一切。”

他的同伴迈着不耐烦的步子，但不久就走了回来。“不用说，怀着极大的激情工作固然是好事。”她说道，“但是你在一件事上倾注太多，我没看到它们给你带来任何好处。”

年轻人凝视片刻，眉毛上扬，绽放出笑容，用笔敲了敲俊俏的鼻子。“它们让我心满意足！”

“这是最起码的事，除此之外，就没别的了。你应该感谢命运女神，她从来没有降祸于你。”

“我觉得她肯定给我设置了小麻烦，给我安排了如此可敬的妹妹。”

“正经点，菲利克斯。你忘了我比你大。”

“有一个如此年长的姐姐！”菲利克斯笑着回答道，“我倒希望能把正经古板那一套丢在欧洲。”

“我很好奇你为什么来这个地方。记住，你都是快三十的人了。除了表现得像个混不出人样的波西米亚艺术家，你什么都不是——也就在一家画报当个身无分文的记者。”

“我就默默无闻，你管不着。但我不是你想的那样，像波西米亚人那样不务正业。我也不是兜里一个子儿都没有。我兜里有一百英镑。我还接到了五十份速写的订单，也就是说要为我们所有的亲戚画画像，还要为他们所有的亲戚画像，每个值一百美元。”

“你一点都不上进。”尤金尼亚说。

“你上进好吧，我的女男爵。”年轻人回复。

女男爵沉默片刻，望着雨雪如晦的墓园和颠簸前行的马车。“是，我有自己的抱负。”她最后说了一句，“雄心引领我来到这个倒了八辈子霉的地方！”她又望了一眼——房间里弥漫着某种庸俗的裸露气息；床上没有床垫被褥，窗户也没装窗帘——她不由得发出一声叹息。“可怜曾经的万丈雄心！”她叫道，接着一头扎进靠墙一边的沙发，用双手掩起面来。

她的弟弟继续赶着画稿，手法迅速，娴熟老练。过了一会儿，他坐在姐姐旁边，向她展示速写。“现在你是不是认为这很符合一个默默无闻的波西米亚人的身份？”他问道，“现在我又搞定另外一笔五十法郎的收入了。”

尤金尼亚瞧了一眼弟弟放在她膝盖上的小画稿，“没错，画得非常妙。”她说道。停了一会儿她又补充道：“你认为我们的亲戚会这样做吗？”

“做什么？”

“躲进墓园和马车成一体，派头就像画上那样。”

菲利克斯想了一下。“我确实很难这样说。能看到这点蛮有意思的。”

“哦，富人不会这么做的！”女男爵这样说道。

“你确信他们真的有钱？”菲利克斯轻声问道。

他的姐姐缓缓起身，看着他。“真神奇！”她喃喃道，“你有将灵魂和神韵画出窍的特殊技能！”

“要是他们真的富得流油，这样画肯定更好。”菲利克斯说道。

“你觉得要是我不知道他们有钱，我还会来吗？”

年轻人以他明亮满意的目光，打量着姐姐有点霸道的眼神。“当然，太合心意了！”他回复道。

“这就是我对他们的全部指望。”女男爵这样说道，“我并不指望他们聪明或友善——首先要说明这点——再或是优雅或有趣。但我要向你确定一点，我一直认为他们很有钱。”

菲利克斯瘫在沙发背上，透过屋顶上椭圆形的天窗看着一片天。雪渐渐地停了，在他看来天似乎放晴了。“我不指望他们有钱。”他接着说道，“也不指望有权、有智、友善、优雅、有趣，更不指望他们光鲜亮丽。*你也去看看吧。*”他弯下腰，亲了亲姐姐。“看那儿！”他接着说道，“作为征兆，甚至当我说话的时候，天正被镀成金色；天开始变得好起来了。”

确实，不到五分钟，天气大变。太阳冲破雪云而出，跳进了女男爵的房间。“天哪！”女士惊叫道，“这是何等美的天！”

“我们出去瞧瞧这个世界。”菲利克斯说道。

不久，他们走了出来。空气变得又温暖又清新，阳光晒干了街道。他们冒险穿街而行，望着人群和房屋，街道和车辆，湛蓝的天空和泥泞的十字路口，匆匆而过的男士和缓缓漫步的少女，鲜艳的红砖和明丽的绿树，精致与破败的奇妙融合。时间一分一秒地过去，天气开始充满春意。即便在最喧闹的街道上，也洋溢着泥土和花朵的芬芳。菲利克斯沉醉其中，他管这里叫滑稽的国度，每见一景无不放声大笑。人们会说美国文明用自己的方式讲述了一则天大的笑话。当然这些玩笑无与伦比，年轻人的欢乐充满着愉悦和才情。他有着绝佳的画面感，对这些民主风俗的第一手观察，让这个年轻人以饱满的气色关照这些川流不息的人群。这种关照是公开的赞赏之情，此情此景可能让菲利克斯这个年轻而朝气蓬勃的去国怀乡者，回忆起儿时常去的地方。他一直盯着湛蓝湛蓝的天空，品味着甜美清新的空气，沉浸在斑斓多彩的景色里。

“*该怎么描绘这些景色，唉？*”他用异域语言对姐姐说了这样的话，姐弟两人在暗示描述神秘感觉的场合时都是这样表述的。

“是的，这确实经过了*涂抹*。”女男爵回答道，“我并不喜欢这种色彩；它伤着我的眼睛了。”

“这幅图景展示了极端景致是如何相融的。”年轻人回答道，“与其说我们来到了西方，不如说去了一趟东方。天空与房顶交融一色的场景很像开罗，随处可见的红蓝色大标牌，让人联想到了伊斯兰教装饰。”

“这些年轻女性不是穆斯林啊。”他的同伴说，“不能说她们是掩面不示人。我从来没见过如此夸张的场面。”

“谢天谢地，她们没有盖住自己的脸！”菲利克斯叫道，“她们的脸不是一般的漂亮。”

“是的，她们的脸一向漂亮。”女男爵说道，她自己也是个睿智的女性，睿智得过头，反而对那些需要大量精细观察得不那么游刃有余。比起往常，她靠着弟弟的手臂更近，不像弟弟那样兴高采烈。她少言寡语，但是注意到了大量让人浮想联翩的事物。姐姐稍微有点激动；她觉得自己为了打拼前程，冒险来到了陌生的国度。从表面来说，她对大量令人烦恼和不愉快的事情是有认识的。女男爵是个非常精致挑剔的女性。她曾经不止一次为了图乐子，跟着盛装出行的人群到外省小镇的古老市集。现在回想起来，她去的是个规模巨大无比的集市——享受和不快竟然很大程度上一致。她发现自己时而笑脸盈盈，时而退缩不前。但是可能人们时时刻刻都会挤在一起。在此之前，女男爵从来没有见过那么多人走在路上，她也没有混进过这么陌生的人群。不过渐渐地，她感到这个集市是一项重大工作。她和弟弟走进一座大型公园，公园看上去很漂亮，但是令她吃惊的是没有看到马车。下午即将落幕，野蛮生长的草地和纤细的树干被地平线上的余光镀上了金色——恍如刚从金矿挖出来的金子那样耀眼。这个时候淑女们出门换换空气，撑着太阳伞侧目，缓步徜徉在步行街上。然而在这里，尤金尼亚并没有看到该风俗的任何迹象，这更为反常，因为该地有条优雅精致的步行街，在熙熙攘攘的大街旁客流最多的地方，有一片拱形榆树林，可以见到大量的布尔乔亚徒步旅行。我们的朋友走进灯火通明的步行街，菲利克斯看到很多漂亮姑娘，叫姐姐注意一下。然而这个提醒是多余的，因为姐姐几乎在同一时刻打量着这些年轻的淑女。

“依我看，我们的亲戚很像他们。”菲利克斯说道。

女男爵希望如此，但是她并不这样讲。“她们很漂亮。”她说，“但她们仅仅是小姑娘。我见不到成熟女性——哪里可以看到三十岁的女性？”

“你说的是三十三岁的？”她的弟弟回答道，因为弟弟了解她嘴里问的和没问的。但是他只惊叹于落日之美，而前来寻找命运转机的女男爵寻思自己若是少女，依偎着别人的感觉可能会更好。落日之景美不胜收，他们驻足眺望，菲利克斯说他之前从未见过如此斑斓绚丽的色彩融合。女男爵也对此赞不绝口，当她站在这里的时候，她对更多大千世界的盛景心动，从这个事实上说，女男爵对此更是沉醉其中——当她观看行人过街的时候，行人反过头来看到一名衣着惊艳、引人注目的女子。她散发着异域风韵，操着法语口音，在波士顿街角的美女群中卓尔不群，人们绝对不能对她视而不见。尤金尼亚的兴头一下子高昂起来。她沉醉在某种沉静的欢愉之中。倘若她过来寻找自己的转机之运，似乎对她而言，财富唾手可得。在西部天空极致的纯净中，潜藏着应许，在对过往行人之天性温和而中肯的凝视中，蕴含着暗示。

“你不会回希尔贝尔斯塔特，是不是？”菲利克斯问道。

“我明天不会回去的。”女男爵说道。

“不给摄政王写信？”

“我会给他写信，这里的人显然不知道他。”

“他不会相信你的。”年轻人说道，“我建议你把他单独晾在一边。”

菲利克斯自己一向幽默感十足。在风景如画、古风洋溢的城市长大的他，竟然能在一座小小的清教徒的都会里，发现那么多的地方色彩。这天夜里晚饭过后，他告诉姐姐明天就要动身，看望亲戚去了。

“你也太没耐心了。”尤金尼亚说道。

“还有什么更自然的方式吗？”他回答道，“在今天见到那么多漂亮姑娘后，如果其中一个亲戚正好是这种类型的，不是正好能捷足先登、更快了解他们吗？”

“也许他们不是呢。”尤金尼亚说道，“我们应该带上一些信——给其他人。”

“其他人可能不是我们的亲戚。”

“可能给他们带信效果也好不到哪儿去。”女男爵回复道。

弟弟看着姐姐，眉毛上扬：“你第一次跟我提议的时候可不是这么说的。当时你说我们来这里，是为了巩固和亲戚的关系的。你说这是人之常情；当我提出不同意见的时候，你又说面对*血浓于水的亲情呼唤*，一切都得靠边站。”

“你都记得？”女男爵吃惊地问道。

“那还用说！我当时被感动得一把鼻涕一把泪的。”

姐姐又像早晨那样在屋子里来回踱步，忽然她停下脚步，看了下弟弟，似乎要说什么，但她想了一下还是没开口。过了片刻，她说了另外一些话，这是对她早前压抑的思想做出的解释。“我的好弟弟，你除了表现得跟小孩一样，其他一无所有。”

“某些人要是见到你。”菲利克斯笑着说，“会把你当成上千岁的大婶。”

“我有时候也这么犯神经。”女男爵这样说道。

“到时候我会去的，对亲戚们宣布这次个人是旅行是多么精彩。他们会很快过来向你致意。”

尤金尼亚又在房间里踱步。她走到弟弟面前，把手放到他的胳膊上。“他们不会过来看我的。”她说，“你不应该准许他们这样做。这不该是我和他们首次见面的方式。”为了回答弟弟疑惑的目光，姐姐又说了下去：“你过去探探虚实，回来汇报。回来后你要告诉我：他们有多少人，男女比例如何，每个人的年龄——他们的一切情况。你要对看到的一切有十足的把握；要预备向我说明当地和附近一切地区的情况——用法语怎么说来着——就是*周围情况*。接下来按照我自己选定的时间和场合，我会过去跟他们会面。我会以自己的方式亮相——我会展现在他们面前！”女男爵说道，这次她带着某种坦诚说明了自己的观点。

“我见到他们该传什么话？”菲利克斯对姐姐的安排深信不疑，问道。

她看了弟弟片刻——看到他言语里透着诚实，还有他所赞赏的公正之情，她回答道：“你怎么方便就怎么来。以你最顺口的方式将我的故事告诉他们——讲故事的时候一定要自然。”姐姐把前额凑了过去，让弟弟亲了亲。

第二章

如菲利克斯预想的一样，第二天惠风和畅，如果说之前从冬天突然跳到春天，此刻已经从春天快速步入夏天。

来自乡下宽敞大屋的姑娘最先察觉到这一变化，她徜徉在宽敞的花园里，与泥泞的道路隔绝开来。繁花盛开的灌木和精心剪裁的树木，沐浴在暖暖盛光之中，伟岸的榆树下（这些树木本来就是参天古树），通透的树荫随着时间的推移愈发厚重，而万籁无声的环境，让遥远的教堂钟声更长久地回荡着。

姑娘听到了教堂的钟声，但她没有穿礼拜服，也没有戴帽子，穿着精心镶边、平纹细布的白色腰衣，裙子边都是彩色平纹，她大概二十二三岁。另外一个姑娘在春日融融的星期天清晨，也没戴帽子，在花园中散步。按照万物的生长规律来看，她们绝对不是令人生厌的存在，人们也并不因此否认这些不遵守安息日律法的天真姑娘是绝等尤物。

第一个姑娘身材高挑，脸色白皙，体态苗条而又有点笨拙，浓密的秀发又平又直；姑娘长着深色的眼睛，一眼望去就会发现其中沉闷而又悸动不安的异常之处——正如经常说的，我们心目中理想型的窈窕淑女“美目盼兮”，既光彩夺目又明静如水，而这个姑娘的眼睛与传统淑女则明显不同。

宏伟的宅邸门窗大开，让明净的阳光洒进庭院，在地板上投射出宽而高的光斑，盖满了两边的走廊。走廊上几座稻草底的摇手椅和六个绿色、蓝色瓷质的圆柱凳子，对称摆放着，诉说着主人与东方贸易的不解之缘。这是一栋古色古香的宅邸——已经有八十年的历史，宅邸是木质的，漆着干净、清洁却已经退色的灰粉，庭院前方和隔间装饰着白色的平实木质壁柱。这种壁柱似乎在支撑某种古典山墙，山墙中央装着一扇框架精心雕刻的三道窗，每道窗的小角落里都有圆形的玻璃缝隙。一扇装有精心打磨铜把手的白色大门，呈现在乡村路面前，借由这扇门通往宽阔的大道，道路铺着虽然磨损破裂、但非常干净的砖石。在道路后面是成片的牧场和果园，还有一座粮仓和池塘；正对着庄园、沿着小路走不远处耸立着一间小屋，外墙涂成白色，上面有几扇绿色的百叶窗，房屋周围两侧各有一座小花园和一座果园。所有这一切在清晨的空气中熠熠生辉，画面简单，看起来好似“一群”个个轮廓鲜明的事物，融在画景中。

第二个姑娘刚刚走出房间，穿过走廊，进入花园，靠近我刚才谈到的那个姑娘。她也是身材苗条，肤色白皙，但是比第一个姑娘年长很多；她个子稍矮，留着光滑的深发；和那个姑娘不同的是，她的眼睛灵巧明亮，一点也不呆板无神；她头上戴着系白丝带的草帽，一条长长的印度红围巾，从裙子前方一直垂到她的脚下。她手里握着一把小钥匙。

“格特鲁德。”她说道，“你敢肯定自己不去教堂？”

格特鲁德看了看她，从丁香丛中摘取一段小树枝，闻了闻，扔到一边。“我对任何事都并非十拿九稳。”她回答道。

远处的池塘在长长的冷杉堤岸间闪烁着阳光，第二个姑娘目光径直绕过她，轻声细语地说道：“这是餐厅储藏间的钥匙。我看你最好还是拿着它，万一有人想要一些东西。”

“谁在那里要东西？”格特鲁德问道，“我会一直一个人待在房间里的。”

“某位贵客可能会来。”她的同伴说道。

“你是说布兰德先生？”

“没错，格特鲁德，他可能会想要一块蛋糕。”

“我可不喜欢总吃蛋糕的男人！”格特鲁德喊道，边说边拉了一下丁香丛。

她的同伴瞧了她一眼，又看了一下地面。“我想父亲希望你去教堂。”她说道，“我该怎么向他交代呢？”

“你就对他说我头疼。”

“真的吗？”年长的姑娘又一次看着池塘问道。

“不要，夏洛特。”年少的姑娘坦白地说。

夏洛特用淡定的目光看着同伴的脸庞：“我怕的是你坐不住。”

“我一直都是有什么就说什么。”格特鲁德以同样的语气回答道。

夏洛特转过身来，不过在那站了一会儿。然后她低头看了一眼自己的裙子，问道：“有时候你是不是觉得，我的围巾长过头了？”

格特鲁德围着夏洛特走了半圈，看了一眼围巾说：“我认为你这样穿不合适。”

“亲爱的，那我该怎么穿？”

“这我不知道。就是跟你现在穿法不同，你应该用不同的方法把围巾披到肩膀上，绕在你的胳膊肘处，从背后看你应该别有风韵。”

“我该怎么打扮？”夏洛特问道。

“我没法告诉你具体怎么做。”格特鲁德说道，夏洛特把围巾向后拉了一下，“我自己会打扮，但是我解释不清楚。”格特鲁补充道。

夏洛特移了移胳膊肘，整理了一下因被同伴触碰而松弛的衣服，说：“好吧，改天你一定要做给我看，现在做不出来不要紧，毕竟我认为这不是什么大不了的。”她又加了一句：“就是人在背后看起来怎么样。”

“我认为这关系可大了。”格特鲁德说道，“话说回来，你不知道谁在看着你。你自己注意不到，也没有尝试让自己看上去更漂亮些。”

夏洛特以极其严肃的口气：“我不认为人人都该让自己看上去更漂亮些。”

同伴沉默了一下，然后回答道：“好吧，可能这确实没有什么用。”

夏洛特又瞧了她一眼，接着吻了她说：“我希望咱们回来的时候你看上去好些。”

“我的好姐姐，我好着呢！”格特鲁德说道。

夏洛特穿过长长的砖石路，走向花园大门；她的同伴缓缓地走向房屋。在门前，夏洛特遇到了一个正要进门的青年男子——他个子很高，脾气温和，戴着一顶高帽子和一双棉线手套，既英俊又强壮，并且脸上绽放出愉快的笑容。“啊，是布兰德先生！”夏洛特大叫道。

“我过来看看你妹妹有没有去教堂。”年轻人说道。

“她说自己不会去做礼拜；但我很高兴你能来，我觉得如果你能跟她谈一会儿…… ”夏洛特压低了声音，“似乎她有点坐立不安。”

布兰德先生弯下他高大的身躯，向年轻的女士笑了笑：“我很乐意和她谈话。为此我愿意缺席任何场次的礼拜，无论教堂活动多吸引人。”

“嗯，我想你该知道。”夏洛特轻声说道，仿佛接受这个提议会带来巨大危险，“但我恐怕要误了礼拜了。”

“我希望你能听一场有趣的布道。”年轻人说道。

“嗯，吉尔曼先生总是很有趣。”夏洛特回答道，接着她就转身出门了。

布兰德先生走进花园。站在门后偷听的格特鲁德转过身来望着走过来的布兰德先生，她凝视片刻，想转身但又停住了，还是站在那儿，面向布兰德先生。布兰德先生脱下帽，边往前走边擦擦头，接着他又戴上了帽子，并伸出手。他脱帽的时候，可以看到宽大的额头，油光可鉴，他的头发浓密，但没有额头光亮。他的鼻子太大，嘴巴和眼睛又太小，但用我的话来讲，他还算个相貌堂堂的年轻人。

布兰德先生小而清澈的蓝眼睛里透着不可抗拒的温柔与严肃，正如谚语说的，从长相来看，此人如纯金一样可贵。当他走上前时，站在花园小径里的姑娘，朝他戴着的棉线手套瞥了一眼。

“我希望你是正要去教堂。”他说道，“我愿与你同行。”

“非常感谢您的好意。”格特鲁德回答，“我并不打算去教堂。”

她握住了男子的手。男子也握住姑娘的手，问道：“有什么特殊理由不去教堂？”

“是的，布兰德先生。”姑娘说道。

“我能问一下吗？”

姑娘笑着看了看他，笑中透着某种呆气，但是这呆气中又含着丝丝甜意和暗示。“因为天很蓝啊！”她说道。

他朝着浩渺的苍穹望了望，也笑了笑，说道：“我听说年轻女孩因为躲避坏天气而待在家里，但是她们从来不躲避好天气。我刚才在门口见到你姐姐了，她告诉我你很郁闷。”

“郁闷？我从来没有不开心过。”

“哦，确实，有时候也许会不痛快。”布兰德先生回复道，他认为这样讲，肯定能让人把刚才说过头的话收回来，有个台阶下。

“我从来没有郁闷过。”格特鲁德说道，“但是有时候我的心情有点不好。但即使心情不是很好，我也兴致很高。刚刚还在为姐姐的事情而犯一个小小的愁。”

“你对她做了什么？”

“我说了一些让她困惑的事——故意的。”

“为什么这么做啊，格特鲁德小姐？”年轻人问道。

她又一次绽放了笑容，说道：“因为天很蓝啊！”

“你说的让我也困惑了。”布兰德先生断言道。

“我总是知道自己在做什么。”格特鲁德接过话茬儿，“但是别人做的却让我困惑，他们似乎也不知道呢！”

“这很有意思。”布兰德先生看了看笑着说。

“你让我告诉你我的……我的原因。”姑娘接着又说。

“咱们就谈谈这些吧。我有太多的话要讲了。”

格特鲁德转过身，片刻又转回来。“你最好去教堂。”她说。

“你知道。”年轻男子语气急促，“我心中总有件事不吐不快。”

格特鲁德瞪着他看了一会儿。“请你不要现在说！”

“就我们两个人。”男子脱下帽子，继续说道，“在这个晴朗安静的星期天就我们两个人。”

格特鲁德看看周围，眼睛飘过花园中的初蕾，又朝远方凝视着，此时湛蓝的天空又一次凸显了她的乖张。“就是这个原因。”她说道，“为什么我不想你说。求求你了，去教堂吧！”

“我回来的时候，能说这件事吗？”布兰德先生问道。

“如果你执意要问的话，就问吧。”她回答道。

“我不知道你是不是在耍性子。”他说道，“但你这样肯定让人感到困惑。”

她转过身，把手放到耳边。男子看了她一会儿，缓缓步入教堂。

她在花园里漫无目的地逛着。教堂钟声又停了下来，周围陷入了完全的静谧。有时这个姑娘非常享受独处的感觉——全家不在场，空荡荡的房屋。尤其是在今天，连仆人都去了教堂，敞开的窗户里看不到一个人——甚至经常披红色长头巾、在高高木瓦板墙下提水的健硕的黑人女子也看不到。家里宏伟的前排大门无人值守，迎面敞开，颇有黄金时代的信任感，或者有种新英格兰白银时期的古风。

格特鲁德徐徐而行，从一间空房走入另一间空房——房间宽敞，色泽明丽，白色壁板以细腿桃花心木家具装饰，还可以看到墙上高悬的以天使为主的老式雕刻。如我所言，这种独居一室的惬意孤独感，总是刺激着格特鲁德的想象力。似乎对她而言，这个光荣的时刻，必须做出一些与众不同的事情。她漫步其中，思考该做什么的时刻，想法通常也就转瞬即逝了。今天她比以往走的路都要长，她先拿起一本书。房间里没有图书室，但是所有的屋子里都有书，并且没有一本禁书。接着，格特鲁德又爬上高高的书架。她拿了好多书，其中一本是《一千零一夜》，姑娘拿到柱廊旁，放在膝盖上阅读起来，品味卡马尔·宰曼王子和白都伦公主的爱情故事。她在那里读了一刻钟后，抬头一望。发现一个漂亮的年轻人就站在她身边，像卡马尔·宰曼王子一样向她深深鞠了一躬。她从来没有见过如此尊贵的场景。王子似乎腾云驾雾而来，俊美非凡，笑的时候仿佛对心上人如此倾心。这个场景让她十分震惊，呆呆地坐在那里好长时间，站起来时甚至没拿稳书。

这个年轻人手里拿着自己的帽子，注视着她，依然笑意盈盈。此情此景实在太让人觉得奇怪了。

“您是否愿意告诉我。”最后这位神秘的访客开了口，“我是否有幸和温特沃斯小姐谈谈？”

“我就是格特鲁德·温特沃斯。”姑娘喃喃地说。

“那——那——我太荣幸了——我很高兴——能作为表兄弟和您见面。”年轻人有着太多让人捉摸不定的性格，这句话更证明了他的虚幻性。

“什么表兄弟？你是谁？”格特鲁德问道。

他后退了几步，打量了一下房屋，又环视了四周的花园和远景，然后哈哈大笑。“我知道对您而言太奇怪了。”他说道。毕竟在这个人的笑声里，有太多的内容。格特鲁德从头到脚打量着他。没错，他确实很英俊，但是笑容几乎太怪了。“这也太安静了！”他接着又说，并且向姑娘走近了几步，看到周围只有姑娘一人看着他，他加了一句作为回复：“是不是只有您一个人在这里？”

“他们都去教堂礼拜了。”格特鲁德说。

“我对此很遗憾！”年轻人叫道，“但是我希望您不要怕我。”

“你应该告诉我你到底是谁。”格特鲁德回答道。

“我怕了你。”年轻人说道，“本来，我有个完全不同的计划。我原来想先让仆人拿我的名片进来，这样你就能在让我进来之前集思广益，从而认出我的身份。”

格特鲁德被这种带来特殊结果的紧张气氛弄得不知所措；这种特殊结果似乎是个答案——一个又奇妙又愉快的答案——出于朦胧的愿景，她预感会发生一些事情。“我知道——我知道。”

她回答，“你来自欧洲。”

“我们两天前就来这里了。您应该听说过我们，那么您相信我所说的话吗？”

“我大概知道一点。”格特鲁德说道，“我们在法国有亲戚。”

“您有没有想过跟我们见个面？”年轻人问道。

格特鲁德沉静片刻，说：“我想见你们。”

“我很高兴，毕竟，我找到的是您。我们希望见到您，所以来了。”

“你们特意来的？”格特鲁德问道。

年轻人朝四周看了看，仍然面带笑容，说：“嗯，没错，我们特意来的。听上去似乎我们讨人嫌了？”他停了一下又说道：“我不认为我们应该——我确实不认为我们要特意来。我们更喜欢四处走走，还有我们很乐意找个借口。”

“你们是不是刚来？”

“两天前来到波士顿的。在小客栈里我打听了一下温特沃斯先生，他肯定是令尊了。法国那里的人为我找到了他的住处；他们似乎经常听人说起令尊。我决定来此地，不搞任何排场仪式。所以在这个明媚的早晨，他们给我指明了正确的方向，告诉我直接往前走出小镇。我决定步行，因为想亲眼看看这个国家（尤其是乡下的景色）。走着走着，就来到这里了。好长一段路啊！”

“七英里半。”格特鲁德轻声说道。到了这个时候，她才从故事中清醒过来，看清楚面前这个英俊的青年是实实在在的人。她激动万分，从来没有想过自己会在真实的生活中与外国人谈话，以前每当她想到这个情景时总会觉得是种愉快的经历。就在她凭私意享受安息日的宁静时，突然冒出一个陌生人，而且这个陌生人又是如此相貌堂堂，温文尔雅，满面春风！然而她需要时间，也需要方法调整好自己，以便维持官样上的客套。“我们非常——非常高兴见到你。”她说，“为何不光临寒舍？”她边说边走向敞开的大门。

“那么，您现在不怕我了吧？”年轻人略带笑意地再次问道。

她迟疑了片刻，“我们不怕啊——当然是在这里。”她说道。

“啊，*你说的在理*！”青年大叫道，满怀感激地打量周围的一切。格特鲁德第一次听到这么多法语单词，这给了她一些触动。青年带着些许兴奋看着她：这个身材高挑、长相别致的女孩，穿着干净清爽的平纹细布衣服。他在大厅里停下了脚步，宽阔的白色楼梯装着白色扶手，在大厅伸展开来。“多么气派的房子！”他说道，“里头比外头还明亮！”

“这里更气派。”格特鲁德说道，她带着青年来到了客厅——此处高堂明净，空旷无人。他们相对而立——青年笑得更灿烂，而板着脸的格特鲁德则努力微笑。

“我不信您知道我的名字。”他说，“我叫菲利克斯·扬。

令尊是我舅舅，家母是他同父异母的姐姐，比他大。”

“是的。”格特鲁德说道，“她后来皈依罗马天主教，嫁到欧洲去了。”

“我想您知道。”青年说道，“她结婚了，后来去世了。令尊那边的家人不喜欢她先生。他们管他叫外邦人；但其实家父不是那样的人。可怜的家父出生在西西里岛，但是他的父母都是美国人。”

“出生在西西里？”格特鲁德喃喃说道。

“千真万确。”菲利克斯·扬说道，“他们大半辈子待在欧洲。但是他们非常爱国，我们也一样。”

“那你是西西里人？”格特鲁德说道。

“西西里人？不不不！让我想想，我出生在一个小地方——一个非常可爱的小地方——在法国。我姐姐出生在维也纳。”

“所以你是法国人。”格特鲁德说道。

“千万别这么想！”青年喊道。格特鲁德目不转睛地盯着他。他又一次笑了：“如果你们愿意，就当我是法国人好了。”

“你在某种程度上讲就是外邦人，”格特鲁德说道。

“某种程度上是，我也是这么想的。但是谁能说我到底有多大程度上是外邦人呢？我压根儿没有想过咱们会遇到这样的问题。你要知道，这世界上就是有一批人，说到他们的祖国、宗教信仰和职业，就是说不清道不明的。”

格特鲁德继续站在那注视着他，她没有让青年坐下。她从没有听说过有这样的人，想多听听。“你住在哪儿？”她问道。

“他们也说不清！”菲利克斯说道，“恐怕您会认为他们比那些流浪者也好不了多少。我是四海为家的——住在任何一个地方。我确实觉得自己住在欧洲的每一座城市。”格特鲁德轻吸了一口气又一次对姑娘笑了笑。他这一笑，又让姑娘的脸稍微红了一下。为了掩饰自己的窘态，姑娘问青年在经历了长途跋涉以后，是不是有点饿或有点渴，她的手放在口袋里，正在摸索之前姐姐给的小钥匙。“啊，我亲爱的姐姐。”他说道，轻击双手，“出于恻隐之心，您是否愿意给我倒一杯葡萄酒？”

格特鲁德笑了，稍微点了点头，就飞出了屋子。不久她就回来了，一手拿着玻璃酒瓶，一手托着盘子，盘子上有一块又大又圆的蛋糕，蛋糕顶端抹着一层厚厚的奶油。格特鲁德在从柜子里取蛋糕时，敏锐地意识到这是姐姐给布兰德先生准备的茶点。她这漂洋过海而来的亲戚，看上去面色苍白，活像高悬于墙上的版画。

见她回来，青年朝她笑了笑，仿佛两个人是久别重逢的老友。“您亲自在这里等我吗？”他问道，“我受到了天神般的礼遇。”

她曾经等过很多人，但从来没人和她这样说话。随后的发现更加证实了她的判断：她发现了一个小桌，上面有很多稀奇的红色玻璃杯——玻璃杯上有一些金制小叶，夏洛特每天清晨都用双手拂去尘埃。格特鲁德觉得这些玻璃杯非常精致，而且她很高兴这些葡萄酒都是上等佳酿，这些酒是她父亲收藏的名叫马德拉白葡萄酒的名酒。

菲利克斯 · 扬认为这些酒品质绝佳，他很疑惑为什么以前人们说美国没有好酒。格特鲁德给青年切了一块三角形大蛋糕，她又一次想起了布兰德先生。菲利克斯坐在一旁，一手拿着玻璃杯，一手拿着蛋糕——边吃边喝，边笑边谈。“我很饿。”他说，“但是一点都不累，我从来没有累过。但是肚子非常空。”

“你必须留在这里吃午餐。”格特鲁德说道，“下午两点，他们都会从教堂回来，你会见到他们。”

“其他人都是谁呢？”年轻人问道，“把他们所有人都说说吧。”

“你自己会见到他们的。现在该轮到你说说你姐姐的情况了。”

“我姐姐是明斯特女男爵。”菲利克斯说道。

一听说他姐姐是个女男爵，格特鲁德站起身，缓缓地走到了他面前，沉默了一会儿问道：“为什么她不来这里看看呢？”

“她确实来了，现在待在波士顿，住在旅馆里。”

“我们会过去看她。”格特鲁德看着他说道。

“她希望您别去！”青年回复道，“她向您寄来了爱意。她让我过来为她通报，她会自己过来向令尊致意。”

格特鲁德心里又抖了一下，一个明斯特女男爵，派了一个相貌堂堂的青年来向她“通报”。她来这里好比示巴女王拜访所罗门，向安静的温特沃斯先生“致意”——在格特鲁德眼里，这是一种最让人出其不意的亮相方式。一时间她不知道如何开口。

“她什么时候来？” 最后她问道。

“只要您允许，她就来——最快明天就到，她已经迫不及待了。”菲利克斯回答道，他希望这样做效果最好。

“明天，好的。”格特鲁德说道。她希望问到更多与女男爵相关的消息，但是她知道自己很难猜出明斯特女男爵的情况。“她——她结——结婚了没有？”

菲利克斯已经吃完了蛋糕，喝完了酒。他站起身，用明亮、深情的目光注视了姑娘许久。“她嫁给了一个德国亲王——希尔贝尔斯塔特-石勒肯斯坦的阿道夫亲王。他不是摄政王，是家中的幼弟。”

格特鲁德注视着报告消息的人，嘴唇开始轻轻颤抖起来。“难道她是王妃？”最后她问道。

“哦，不是的。”年轻人说道，“她的位置相对比较特殊，属于贵贱通婚。”

“贵贱通婚？”这对可怜的格特鲁德而言是个新名词。

“他们就是这样称呼这桩婚事的。你要知道，这是统治家族的子孙与普通百姓之间签订的婚约。他们由此让尤金尼亚这个可怜的女人成为女男爵，这也是唯一能做的事情了，但是，现在他们又想解除婚约。阿道夫亲王是个傻子，就我们私下说说，但是他的哥哥是个明白人，为他设计好了一切。尤金尼亚这边，自然也就有很多麻烦了。然而，我不认为她会对此太过在乎的——她是个很理智的女性，我敢保证您会喜欢上她——但是她希望谴责这些人。现在一切事情都*悬而未决*。”

对格特鲁德而言，她的访客提起这段不愉快的感情关系时，用如此轻佻傲慢的口吻是很奇怪的，但是这似乎也向她自己传达了奉承之意，承认了她的智慧和尊严。现在她心中掀起了十二层波澜，在她脑海里最先闪现出一句话，她问道：“他们想解除她的婚约？”

“确实如此。”

“这违背了她的意愿？”

“是违背了她的权利。”

“她肯定很不高兴！”格特鲁德说道。

访客看了看她，笑了，把手举到脑后保持了一会儿，“她是这样说的。” 他说，“这就是她的故事，她让我告诉你的。”

“跟我多讲讲吧。”格特鲁德说道。

“不，还是把这事交给她吧，她讲得更清楚。”

格特鲁德又一次惊讶地小声叹息。“嗯，如果她闷闷不乐。”她说道，“我很乐意她过来见我们。”

她对这个话题很着迷，以致没听到柱廊上传来的脚步声——虽然这个脚步声她总能认出来的。她在大厅里听到脚步声，探出窗一望，发现他们都从教堂回来了——她的父亲、姐姐和兄弟，以及其他常在这里吃午餐的堂表亲。布兰德先生最早赶来，他比众人提前，很明显，因为他还是执意要说一些格特鲁德一个小时以前不想让他说的话。布兰德先生手里拿着两本书，到客厅来找格特鲁德。一见到菲利克斯，就停下来看着他。

“这是你的表亲吗？” 菲利克斯问格特鲁德。

格特鲁德看出自己必须介绍一下，但是她的耳朵和嘴，心心念念都是刚才菲利克斯对她说的话。“这是一位亲王。”她说道，“是希尔贝尔斯塔特–石勒肯斯坦的亲王。”

菲利克斯不禁大笑，布兰德先生站在那瞪大眼睛，这时候其他人也陆续进来，出现在布兰德先生背后敞开的大门口。

第三章

这天晚饭时分，菲利克斯·扬向他姐姐明斯特女男爵讲述了他个人的拜访经历。她看到弟弟以最饱满的精神状态回来，但这构不成她高兴的理由，她并不信任弟弟的判断。弟弟带着热切乐观的眼光观察事物，会把哪怕最细微的部分都给庸俗化。即便如此，她还是认为弟弟会给她提供部分事实，她迫不及待地跟弟弟交流起来。“我认为至少他们没把你轰出门。”她说，“毕竟你在外边待了十几个小时。”

“他们把我轰出门？”菲利克斯叫道，“他们为我敞开了心扉，好好款待了我。”

“我就知道你会说：他们是一群天使。”

菲利克斯说道："那还用讲，他们实实在在就是一群天使。"

"*这听上去还不错*，他们到底什么样子？"女男爵说道。

"跟你以前见到的都不一样。"

"我确实很感激他们，但也仅此而已。说正经的，他们是不是真的乐意见你？"

"我太开心了。这是我平生最值得骄傲的一天。我从来没有受过如此盛大的追捧！好姐姐，我向你保证，我在那里像领导人一样受到了国王般的待遇。"年轻人说道，"*咱们只需要保持这个劲头*，就会成为大人物！"

明斯特夫人看着他，眼里闪出一丝火花。她先呷了一口酒，说道："描述一下他们，给我说说具体情况。"

菲利克斯喝干了杯中的酒。"嗯，那是在乡下，在牧场和林地之间，人烟稀少的偏远地方。不过路程够远的，我的天！你可以想象一下泥巴里冒出来的阿尔卑斯山冰川。但是你用不着花费时间在路上折腾。因为他们希望你过去住，一步到位。"

"啊！"女男爵说道，"他们希望我过去住，一步到位，一劳永逸？*好*！"

"那个地方乡村气息浓郁，特别原始。到处都闪耀着奇特的白光，遥远的天空湛蓝湛蓝的。那里有一大片木房子——就是一种三层楼高的房子，看上去很像是放大了的纽伦堡玩具。那里有一位绅士跟我谈话，说这房子是'令人肃然起敬的豪华公馆'，但是它看起来仿佛是昨天刚建好的。”

“房子盖得气派、盖得优雅吗？”女男爵问道。

菲利克斯看了她一会儿，笑道：“房子非常干净！朴实无华，没有黄金装饰，也没有成群的仆人。都是些直背椅。但是你可以坐在地板上吃饭，也可以坐在台阶上吃饭。”

“那肯定是项特权，当然那里的居民也是坐高直背椅的。”

“我的好姐姐。”菲利克斯说道，“那里的居民非常令人着迷。”

“什么风格？”

“他们自己的风格，我该如何描述呢？这很原始，是个父系社会，这种镇子是黄金时代的样子。”

“在他们的镇子里有没有值得称道的地方？能不能看出是否有钱？”

“我应该说那里是有财不外露。他们过着平淡朴实的生活：不炫耀任何东西，而且——我该怎么讲呢——他们没有意识去这样做。但是他们相当富裕，有一大笔钱，在别人看不到的地方悄悄地向大学和慈善机构捐钱，出资修缮房屋，支付医生的账单。甚至可能筹钱作为女儿的嫁妆。”

“他们的女儿呢？”明斯特夫人问道，“他们有几个女儿？”

“两个，夏洛特和格特鲁德。”

“她们漂亮吗？”

“其中一个姿色超凡。”菲利克斯说。

“哪一位？”

年轻人沉静下来，看着姐姐。“夏洛特。”他最后说道。

她回头看着弟弟，“依我看，你和格特鲁德好上了。他们骨子里就是清教徒，别的都没有，就是图个乐！”

“不，他们可不是享乐之辈。”菲利克斯纠正道，“他们头脑冷静克制，甚至严苛，性情沉郁，把万事万物都看得很重。我想这里面肯定有原因。他们有着凄凉的历史记忆或是压抑的期望。这些人绝非享乐性格。我的舅舅温特沃斯先生是个非常高尚的老派人物，看上去很有献身精神，不是赴汤蹈火，而是在凛冽寒风中殉道那种。但是我们应该让他们的精神振作起来。他们可能会有很强烈的反应，但是这些人非常和善，很知道感恩。他们认为一个人如果头脑灵活，办事就样样都行！”

“就目前情况而言，这非常好。”女男爵说道，“但是我们先不讨论这三个人——温特沃斯先生和这两个女性——她们的名字叫什么来着——黛波拉和赫弗齐芭。”

“哦，不。还有另外一个小女孩，是他们的亲戚，一个非常调皮的小机灵鬼，十足的美国女孩；屋里还有一个儿子。”

“很好！”女男爵说道，“我们来谈谈这些绅士。这儿子怎么样？”

“恐怕他有点微醉了。”

“啊，既然这样，他肯定有些贪图享乐！他多大了？”

“他二十岁，是个非常英俊的小伙子，但我觉得这个人品味低俗。还有一位叫布兰德的先生，是个个子很高的年轻人，一个没有正式神职的平信徒传道人。他们似乎对他评价很高，但是我没觉得他有多好。”

“有没有这样的人。”女男爵问道，“在两个极端——极其宗教虔诚和极其放纵之间取中而行的人？”

“啊，对，我认为有个阿克顿先生很像你说的样子。”年轻人对着姐姐点了点头，“你会喜欢上阿克顿先生的。”

“要记住我是非常讲究的人。”女男爵说道，“他待人接物如何？”

“他会跟你学习这些的。这人见多识广，曾经去过中国。”

明斯特夫人微微一笑，“一个久经中国江湖的老水手，他肯定很有意思。”

“我觉得他肯定是带着巨额财富回到美国的。”菲利克斯说道。

“那总是很有意思的。他年轻不？英俊不？聪明不？”

“他不到四十岁，秃头，妙语如珠。我个人认为。”青年又加了一句，“他会欣赏明斯特女男爵的。”

“很有可能。”女士说道。她的弟弟从来不知道姐姐是如何看待问题的，但是很快她就说弟弟的描述很精彩，她决定明天亲自去看看。

于是他们登上了一辆四轮大马车——这辆马车其他一切都好，除了要价高外，而且，车夫戴的是稻草帽。（在希尔贝尔斯塔特为明斯特夫人服务的车夫都身穿黄色或猩红色制服。）他们乘车来到了乡间，女男爵倚在车厢后部，摇着带穗边的阳伞，左顾右盼，询问沿途的景象。过了一会儿，她说这些景象“*真可怕啊*”。她的弟弟说，很明显这个国家（乡村）实际前景要比远期规划黯淡得多。他和新朋友商定好带姐姐见面的时间为下午四点钟。

当马车到达目的地时，这座宏大、整洁的房子在弟弟的眼中变得亲切起来。高耸纤细的榆树在前方投下了深深的倒影。女男爵走下车，她的美国亲戚站在柱廊上等候。菲利克斯脱帽向他们致意。

一名身材颀长、额头饱满，脸刮得干干净净的绅士来到了花园大门前。夏洛特·温特沃斯走在他身边，格特鲁德尾随其后，步伐更慢，这两位闺秀都拖曳着瑟瑟响动的丝绸长裙。菲利克斯领着姐姐到了大门口。“别见外。”他对姐姐说，但是他很快发现这个劝告纯属多余。尤金尼亚以她特有的方式让人丝毫不觉得见外。菲利克斯知道，没有什么比对姐姐的无限钦佩更让他快乐的了，即便这样的机会多的是，他依然乐此不疲。在弟弟眼里，当她露出开心的神情时，她就是世界上最风情万种的女人。于是他就忘却了姐姐的其他，她有时候严厉而刚愎自用，他有时候也会怕她。现在，她挽着弟弟的手走入花园，弟弟感受到姐姐有意地和颜悦色，此情此景让他非常开心。尤金尼亚也会很开心的。

高个绅士前来迎接她，神情严肃凝重，但是这种严肃没有丝毫吝啬狭隘之意。相反，温特沃斯先生待人接物十分老练，极富责任心，但这种练达有时候会显得太庄重，在一个身份显赫而又不开心的贵妇面前，很难彻底展现清楚。菲利克斯昨天已经见过温特沃斯先生极富个人特色的苍白肤色，现在，他觉得舅舅这张个性鲜明的白脸有种死尸般的气息。但是年轻人以灵敏的同情心和感知，很快认识到对长者这种半截入土的脸色没必要恐慌。通过丰富的想象力，他洞悉了温特沃斯先生的精神世界，知道老人无比清醒，从他微弱的身体信号里可以看出长者特有的诚意。

女男爵握了握舅舅的手，难看的脸上露出漂亮的笑容。“我是不是来对了？”她问道。

“非常对，非常对。”温特沃斯先生一脸正经地回答道。他已经在脑中打好简短讲话的腹稿，但是现在忘得精光。老人感到自己几乎被惊吓到了，有生以来从没被这样凝固热烈的微笑所注视——从来没有任何女性像他这样笑过，现在这笑容压在他身上，弄得他晕头转向。女士巧笑如云，透出前所未有的新鲜气质，给老人留下了鲜明的印象，这是他的亲外甥女，自己父亲的女儿的孩子。外甥女作为德国的女男爵，以“贵贱通婚”的方式嫁给一个亲王，这件事就够老人思索半天了。这样做对吗，合适吗，能被人接受吗？他一直睡不好觉，就在前一天，在床上清醒的时间比平常都长，他反复盘问自己这些问题。“贵贱通婚”这个奇怪的名词一直在他耳边回旋。这件事让他想起以前认识的某个摩根太太，那是个大胆泼辣但又过着不幸生活的女人。既然女男爵这样看着他，这样对他笑，他觉得自己有责任调整那种板着脸的态度回应她。但是最终他还是放弃了。老人把目光转向了女儿。“很高兴见到你。”他说道，“让我介绍一下我的女儿——夏洛特 · 温特沃斯小姐和格特鲁德 · 温特沃斯小姐。”

女男爵觉得她从没见过吝啬表达感情的人，但是夏洛特吻了她，还握起她的手，一脸甜美而认真地看着她。格特鲁德对女男爵而言却丧气十足，尽管菲利克斯对格特鲁德展开诚意十足的笑容，像老朋友那样跟她聊天，也让格特鲁德感到很快乐。当她亲吻女男爵时，泪水在眼眶里打转。明斯特夫人挽起两个姑娘的手，全身上下打量着她们。夏洛特觉得，明斯特夫人长相奇特，衣着单调，说不清她是好是坏。女男爵十分开心，无论如何，两个姑娘都穿着丝绸礼服——尤其是格特鲁德。“我的表姐妹都很漂亮。”女男爵说着，目光从一个转向另一个，“先生，您的女儿非常出色。”

夏洛特脸很快红了，从没有人这样响亮动情地夸奖过她的容貌。格特鲁德看向别处，目光没落在菲利克斯脸上。她感到很愉快，并不是这些恭维话让她开心，她不吃这一套，她一直觉得自己长相平平。她很难告诉别人自己到底为什么高兴，大概她的高兴来源于女男爵那种说话方式，这种感觉因为年轻姑娘的怀疑，非但没有消失，反而深化到十分古怪的程度。温特沃斯先生沉默了一会儿，接着他郑重提出请求：“愿意光临寒舍吗？”

“这就不要了，您毕竟还有其他孩子。”女男爵说。

“我有一个儿子。”温特沃斯先生回答道。

“那为什么他不来见面？”尤金尼亚叫道，“恐怕他没有姐妹们那么漂亮。”

“这就不知道了，我会去看看。”老人回答道。

“他对女士很怯生。”夏洛特轻轻地说了一句。

“他长得非常帅！”格特鲁德尽最大可能扯出大嗓门。

“我们会过去找他，把他从窝里拽出来。”女男爵挽着温特沃斯先生的手，她不介意他先伸出手来致意。当他们两个人走向房屋时，温特沃斯先生还在考虑他是不是应该向女男爵致意，还有如果他没致意对明斯特夫人是否合适。“我很想了解您。”女男爵说道，这句话打断了他的沉思，“我也希望您能了解我。”

温特沃斯先生回复道：“我们彼此互相了解是天经地义的，咱们都是近亲。”

“啊，终于到了有人情不自禁提起天然联系的时刻了——人们的自然之爱。您抓住这点了！”尤金尼亚说道。

温特沃斯先生昨天被菲利克斯告知，尤金尼亚是个聪颖过人、光彩夺目的女性，这个信息让他盘算了好半天。他认为这点证明了尤金尼亚的聪颖，接下来该展示她的光彩夺目了。“没错，自然之爱是非常强烈的。”他嘀咕道。

女男爵说道：“在一部分人看来，事情并非全然如此。”夏洛特正陪在她身边，尤金尼亚又挽起夏洛特的手，脸上荡漾着笑意。“你呀，我的好表妹，你的脸什么时候填了色彩？”她接着说，“一阵百合白，一阵玫瑰红？”可怜的夏洛特脸上的玫瑰红快速压过了百合白，她加快脚步，到柱廊那儿去了。

“这就是乡村的景象。”女男爵继续对温特沃斯先生说道，“我相信这里精致多了。英格兰和荷兰有很多绝美的盛景，但是这里就粗糙多了，红色太多了。”

“我相信你会发现。”温特沃斯先生说道，“这个国家比你刚才提到的那些地方有更值得尊敬的地方。我曾经去过英格兰和荷兰。”

“啊！您曾经去过欧洲？”女男爵喊道，“为什么不来见见我呢？不过不管怎么说，现在这样更好。”她说道。说话间，两人步入房间。她停下脚步，看了看四周。“我看到您已经布置了房子——你的精致宅邸——按照——按照荷兰风格！”

“这房子已经很有年头了。”温特沃斯先生说道，“当年华盛顿将军也曾在这里住过一周呢。”

“哦，我听说过华盛顿。”女男爵喊道，“家父曾经跟我提过他。”

温特沃斯先生沉默片刻，接着说了一句：“我发现他在欧洲名气很响啊。”

菲利克斯正和格特鲁德在花园漫步，就像昨天那样，他站在姑娘面前对她笑着。昨天发生的一切，对姑娘而言恍若一场梦。

他在这里现身，改变了一切。其他人看到了他，议论着他，但他会再次归来，他应该是未来的一部分，格特鲁德渺小的、熟悉的、多彩幻想的生活的一部分——这是她需要的、全新的知觉经验。现在这个经验又降临到她的知觉，她的五官似乎也享受其中。

“你觉得尤金尼亚怎么样？”菲利克斯问道，“她是不是很迷人？”

“她非常棒。”格特鲁德说，“但是我还有说不准的地方。依我看，她就像拿着空气吟唱的歌手。曲未终，音难辨。”

“啊，歌声永远不会停歇！”年轻人笑着喊道，“你难道不认为她漂亮吗？”

格特鲁德对明斯特夫人的美貌已经很失望了。她出于神秘的原因，本来以为明斯特夫人会像一张挂在温特沃斯家一间屋子走廊上靓丽画像上的约瑟芬皇后那样天香国色，那画像总是引起小温特沃斯小姐的仰慕。然而，女男爵一点都不像约瑟芬皇后，一点也不。尽管如此，她还是个超凡绝伦的存在，格特鲁德觉得自己大多数时候的预感是正确的。“我想我应该认为她是姿色超群的。”格特鲁德说道，“了解她肯定很有趣。但我感觉自己做不到。”

“啊，你会很快了解她的，你们俩会成为很好的朋友。”菲利克斯这样断言，说的好像这是世界上最简单的事情。

“她非常优雅。”格特鲁德顾及到女男爵挽着她父亲的手，这样说道。对格特鲁德而言，她乐意说任何人优雅。

菲利克斯四下观察了一番说：“昨天你那个小表亲，长得非常漂亮，她现在在哪？”

“她在走廊里。”格特鲁德回答道，“是的，她非常漂亮。”格特鲁德认为她有责任把菲利克斯直接带入房内，这样他就可以找到她的亲戚。犹豫了片刻，她还是有些迟疑。“我以为你不会回来的。”她说道。

“不会回来？”菲利克斯笑着喊道，“你不知道，当时那个情景摄入了我那颗多愁善感的心。”

她想着菲利克斯所说的，她的表妹丽兹给他留下了多么深刻的印象。“嗯。”她说道，“我觉得我们应该不会再见了。”

“并且祈祷我会变成你认为的那样吗？”

“我不知道，我认为你会消失的。”

“这是在恭维我的执着吗？我经常消失。”菲利克斯说道，“但是每次总有些东西留在我身上。”

“我到门前来等你，因为其他人也来了。”格特鲁德接着说，“但是如果你没出现，我不会吃惊的。”

“我希望。”菲利克斯看着她，断言道，“你会失望的。”

格特鲁德朝他看了一眼，摇摇头，“不——不会！”

“啊，*举个例子嘛*！”年轻人喊道，“你值得我永远不离开你。”

两个人走进客厅，发现温特沃斯先生正在做介绍。一个年轻人站在女男爵旁边，脸涨得通红，脸上没什么笑意，两只脚不停转换着重心——他是位身材细瘦、一脸和善的年轻人，像温特沃斯先生一样，穿着考究。在他后面的另外两个绅士刚刚从座位上起来，不远处的窗户旁站着一位非常秀气的小姑娘。小姑娘正在织袜子，她的手指动得飞快，却用明亮的大眼睛瞧着女男爵。

“请问令郎大名？”尤金尼亚微笑着问年轻人。

“太太，我叫克利福德·温特沃斯。”说这话时，他的声音都是颤抖的。

“克利福德·温特沃斯先生，你为什么不出来见见我呢？”女男爵以甜美的笑容提出要求。

“我原以为你不会来找我。”年轻人边说边慢慢挨近。

“人人都想要个漂亮的亲戚——如果某人真有的话！但是如果你们以后对我好，我是不会数念你们以前怎么样的。”明斯特夫人向在场的其他所有人传递了自己的微笑。这份微笑首先降临到布兰德先生长阔白皙的脸庞上，此时布兰德先生正紧紧盯着温特沃斯先生，好像在乞求他不要再让这种不正常状态拖延下去了。温特沃斯先生念了一下布兰德的名字，尤金尼亚就向布兰德先生抛去了媚眼，接着目光就落到了其他绅士身上。

第二位绅士身材和体重都不同凡响，深色的眼睛敏锐、温暖而又明察秋毫。他留着深色短发和小胡须。他站在那，双手插在口袋里，但是当尤金尼亚的目光瞟到他身上时，他的手就从口袋里抽了出来。但他不像布兰德先生那样躲躲闪闪，巴望着主人。

他正对着尤金尼亚的双眼，似乎很享受这种正目相对的状态。明斯特夫人立刻察觉此人从本质上而言，是在场所有人当中最为重要的人物。她不能不在意，后来她稍稍点头，赞同了温特沃斯先生的致辞："这是我的表弟，阿克顿先生。"

"你的表弟——不是我的？"女男爵说道。

"你说了算。"阿克顿先生笑着道。

女男爵观察了他片刻，发现他牙齿非常白。她说道："是不是亲戚，还需观其行。我觉得自己最好还是等等，自己的亲戚已经够多了。除非我也能攀附上关系。"她加了一句，"跟那位迷人的小姐。"她指着窗前那位小姑娘。

"这是我妹妹。"阿克顿先生说道。格特鲁德·温特沃斯揽着小姑娘，将她领了过来。很明显她不要别人带领，她小步疾走到女男爵面前，不慌不忙地在袜子上穿针引线。她长着深蓝色的眼睛，留着深棕色的头发，出落得极其美貌。

尤金尼亚像亲吻其他女性一样亲吻了她，接着离远一点，看着她。"现在我看到的是另外一款类型。"她说这话时发音咬字用了法语习惯。"我的舅舅，从您的女儿那里我看到了不同风格。"菲利克斯，你看这位更符合我们平时所认为的美国风格。"

小姑娘在别人介绍她的时候，笑着一个一个地斜视每个人，到了菲利克斯面前就停了下来。"我在这里发现了唯一的理想类型！"菲利克斯笑着喊道，"多可爱的类型！"

这句俏皮话让全场陷入了深深的沉静中，但是菲利克斯很快从他新认识的同伴表现出的沉默中领悟到：这既不是拘束也不是厌恶。不妨说，这是象征着期望与谦逊的沉默。他们都站在姐姐周围，仿佛期望她在这个场合里展现卓越的见识和过人的才智。他们的态度暗含的意思是：尤金尼亚是个穿着盛装，撑着大支架和亮片在交际场上混吃混喝的高明骗子。这让明斯特夫人在接下来说话时很有压力。“现在这都是你圈内的人。”她对舅舅这样说，“这是你的沙龙，这些人都是你的常客，是不是？我很荣幸见到你们所有人。”

“哦。”温特沃斯先生说道，“他们总是进进出出。你们那里肯定也是这样做的。”

“父亲。”夏洛特·温特沃斯打断道，“他们那里肯定讲究更多。”面对这个有趣的访客，她一改曾经的胆怯而温和，变得热切激动起来。“敢问尊姓大名？”她问道。

“尤金尼亚–卡米拉–多洛蕾丝。”女男爵笑着说道，“但是你没必要把名字念全。”

“我会叫你尤金尼亚，如果你愿意的话。你可以过来跟我们在一起。”

女男爵将手轻轻放到夏洛特胳膊上，但是她还是有所提防。女男爵担心自己是否有可能跟这些人“在一起”。“那会非常非常有意思的。”她说道，眼光在众人和厅堂之间游离。她希望在正式陈述之前为自己争取时间。她的眼光落到了年轻的布兰德先生身上，布兰德先生双臂交叉，手放在下巴上，站在那里看着她。“我想，这位先生是位传道人。”她稍稍压低声音对温特沃斯先生说。

“他是位牧师。”温特沃斯先生回答。

“是新教徒吗？”尤金尼亚问道。

“太太，我是一名一位论派基督徒。”布兰德先生的回答给人留下了深刻的印象。

“啊，我明白了。”尤金尼亚说道，“这个教派有点新。”她之前从没听说有这种教派崇拜。

阿克顿先生开始笑起来，格特鲁德焦急地望着布兰德先生。

“你自远方而来。”温特沃斯先生说道。

“非常非常远。”女男爵优雅地摆摆头，回答道——这一动作里有万千文章。

“这也是你应该留下来和我们在一起的理由。”温特沃斯先生说这句话时语言干巴巴的，精明过人的尤金尼亚反而没把这句话当回事，未能从中品出善意。

她注视着温特沃斯先生，瞬间他冷静平实的脸庞，勾起了她对母亲遥远模糊的记忆。尤金尼亚是极其容易突然爆发情绪的女性，现在出乎意料的是，她感到一股热流涌上心头。她一直看着周围的人，知道所有人的目光里都充满对她的崇敬。她对所有人笑了一下。

“我过来看——尝试——提问。”她说道，“对我而言当走的路我已走过，现在很累，想休息一下。”此时她的眼眶里有泪水打转。这里的人高尚冷静，内心充满光亮；这里的生活简单而严肃——所有这一切化为一股巨大的力量压在她身上，她感到自己向平生所见的最为真挚的感情屈服。“我想留在这里。”她说道，“请你们让我留下来。”尽管她还在微笑，她的声音哽咽，眼里也饱含泪水。

“我的好外甥女。”温特沃斯先生轻声道。夏洛特伸出双臂，让女男爵抱紧她。而罗伯特·阿克顿则转过脸，将双手插进口袋里。

第四章

在与美国亲戚见面几天后，明斯特夫人和她弟弟一道，在温特沃斯先生住处附近的小白屋里，找到了落脚之地。当时正是温特沃斯的女儿回访明斯特夫人时，温特沃斯先生给她留下了这座舒适的小木屋。这个决定是家庭会议的结果,在随后的二十四小时里消息传播开来，人们以真诚热切的心情和精明审慎的眼光来讨论分析这两名外籍访客。正如我所言，这个讨论在家族圈子内继续升温，但是在明斯特夫人回镇子的当天夜晚举行的家庭会议，罗伯特 · 阿克顿和他的妹妹都参加了。如果你在场，你也有可能认为这些贵客的到来，也不会被这个冷静的家族当成大喜事和更大的快乐，人们不会以此为乐。这并不是温特沃斯先生的待客之道。

对秩序井然的温特沃斯一家而言，新访客的突然到来，给这家人的义务里带来过去所不承认的新要素，使得这家人必须对他们过去所有习惯中的最重要的部分——责任感做出调整。他们认为这件事欠考虑，影响恶劣，因为在这快乐时光中，对菲利克斯·扬的美国亲戚而言，几乎是完全陌生的精神折磨，在人类社会的任何层面都是极少被主流推崇的。菲利克斯和他姐姐的到来固然是种满足，但是这种满足极其索然无味，生拉硬扯。这是义务的延伸和深奥美德的实践；但是在这些杰出的人当中，无论是温特沃斯先生还是夏洛特和布兰德先生，都不是这个想法和愿望的强烈推动者，他们并没有真诚地把它当作是喜悦的延伸。最后，承担这项任务的是格特鲁德·温特沃斯。她是个古怪的女孩，但是在一家人巧妙地为这些有可能太过和善的外邦人寻找借口时，她没有流露出一点特殊之处。正如玄学家所言，格特鲁德必须挣脱存在于既定秩序中的大量主体和客体障碍，实际上，这段小小的努力经历并非她本意所在。对温特沃斯先生和他的女儿来说，最重要的在于他们突然大发慈悲可能会惹来大量潜在错误。常言道，所谓的教条充斥着大量的错误，却是温特沃斯家族最为珍视的传统之一。

“我真不相信她会过来，住在这间房子里。”格特鲁德说道。明斯特夫人从这个时候开始，除了“你、我、她”这样的人称代词，没有听过其他任何称呼。夏洛特和格特鲁德在称呼她上面费尽口舌，面对面时会直呼其名“尤金尼亚”，但是在私下里两个人谈论问题的时候，提到此人只有一个称呼：“她。”

“难道她认为这样对她好吗？”小丽兹·阿克顿喊道。她总是问一些不着调的问题，严格来说这样的问题没有答案，除了她自己最后以无伤大雅的讥讽嘲笑收尾外，不指望其他任何人回答这个问题。

“她当然示意要来啊。”温特沃斯先生回答。

“咱们这样做只是客套一下。”格特鲁德回答道。

“是的，她是非常温文——非常温文尔雅的。”温特沃斯先生说道。

“她太知书达理了。”他的儿子以惯常的低吼口吻说道，当然除了幽默意味别无他意，“真是够尴尬的。”

“实际情况比你说的还要复杂啊，先生。”丽兹·阿克顿微笑了一下，说道。

“嗯，我可不是鼓励她这样做。”克利福德接过话题说道。

“我敢打包票，如果你这样做，我是不介意的。”丽兹喊道。

“她不会把你当回事，克利福德。”格特鲁德严厉地说道。

“但愿不会！”克利福德喊道。

“她会对罗伯特很在意的。”格特鲁德继续以同样的语气回答。

罗伯特脸开始涨红了，但是在场的所有人几乎没有一个注意到这点，因为每个人都在注视着格特鲁德——每个人，除了丽兹。丽兹歪着俏丽的脑袋，注视着哥哥。

“你为什么会揣测别人的心思呢，格特鲁德？”温特沃斯先生问道。

“父亲，我可不是仅会算计别人的小九九。”格特鲁德说道。“我只是说她会很在意罗伯特，而且她真的会！”

“格特鲁德都是自己在臆断!”阿克顿笑着喊道。“是不是，格特鲁德？女男爵当然不会把我挂在心上。她白天想起我，到了晚上就抛之脑后。”

“她会在这里生活得很滋润的。”夏洛特以某种女主人的骄傲劲儿说这句话。“她可以在东北角那个很大的房间，上面有法式床架。”夏洛特又以一股贵妇般的外国口吻加了一句。

“她不会喜欢这款的。”格特鲁德说道，“甚至你把椅子擦得锃亮锃亮的，她也不吃这一套。”

“亲爱的，我们为什么不这样搞？”夏洛特问道，言语中透着一股讽刺味道，但是没有仇恨之意。

格特鲁德离开了座位，她在房间内踱步。本来为了向女男爵致敬而穿的不合身丝绸裙子，在地板上咯咯作响。“我不知道。”她回复道，“她是不是想要更多东西——更多私人的东西。”

“如果她想要隐私，她可以待在她自己的屋里。”丽兹·阿克顿说道。

格特鲁德停下了脚步，看着她。“这会很不愉快的。”她回答道，“她既想要隐私，也想要乐子。”

罗伯特·阿克顿又笑了起来，“我的好表妹，这是多么美的画面，不忍细看！”

夏洛特严肃地看了一眼她的妹妹，她不明白为什么格特鲁德会生发出如此奇怪的念头。温特沃斯先生也注意到了小女儿。

“我不知道她的生活方式是怎样的。”他说道，“但是她肯定从来没有享受过比这个更为精致、更为健康的家了。”

格特鲁德站在那里，看着他们所有人。“她可是亲王的太太啊。”她说道。

“我们在这里都是亲王。”温特沃斯先生说道，“我不知道周围人家还有什么宫殿可以让出来。”

“威廉表哥。”罗伯特·阿克顿打断了谈话，“你能不能把事情处理得漂亮些？送个人情，把路对过的小屋子让出来让人家住三个月。”

“你可真会慷他人之慨！”他的妹妹喊道。

“罗伯特对自己的事情也是慷慨的。”温特沃斯先生冷静地观察周围的一切，他看着族人，陷入了冷静的沉思。

“格特鲁德。”丽兹接着说，“我认为你对你的新亲戚有意思。”

“你说的哪位新亲戚？”格特鲁德问道。

“我指的不是女男爵！”小姑娘笑着回答道，“我想你更期盼着多多见到他。”

“你说菲利克斯？我太想多多见他了。”格特鲁德简简单单地说道。

“那你为什么不让他进家门？”

格特鲁德看了看丽兹 · 阿克顿，又把目光收了回去。

“你是不是希望我能和你一同住在这间房里，丽兹？”克利福德问道。

“我希望你再也别打我的主意了，我恨死你了！”小姑娘这样回答。

“父亲。”格特鲁德说道，她站在温特沃斯先生面前，因为难得一见的事，露出比平常更为甜蜜的笑容，“让他们住在路对过的小屋子里，这会很有爱的！”

罗伯特 · 阿克顿已经观察她很久了。“格特鲁德的意见是对的。”他说道，“格特鲁德是这个世界上最聪明的姑娘。要是我能最终拍板，我会强烈推荐他们住在那里的。”

“比起东北的那间屋子，路对过的那间实在是再漂亮不过的地方了。”夏洛特强调道。

“她会把这间屋子收拾得漂漂亮亮的。不要打扰她了！”阿克顿强调道。

格特鲁德看到自己的意见得到了阿克顿的同意，脸就涨得通红，看着阿克顿，这感觉对自己而言仿佛一个陌生人在恭维她。“我相信她会把那里整理得漂漂亮亮的，那会很有意思，那将会是一个值得一去的地方，将会是充满异域风情的房间。”

“我们确信需要一间外国房子吗？”温特沃斯先生问道，

“你们想建造一间房子——在这安静的地方？”

“你这样说。”阿克顿笑着说，“你提这个问题好像可怜的女男爵会开一家酒店或赌场似的。”

“要是这样的话也是蛮可爱的！”格特鲁德又一次断言，边说边把手放在父亲坐的椅子的背后上。

“她会放赌桌吗？”夏洛特严肃地问道。

格特鲁德看了她一会儿，接着简单回答道：“是的，夏洛特。”

“格特鲁德正变得越来越放肆。”克利福德正在以他年轻又幽默的咆哮声说道，“在谈论到外邦人的事情上。”

温特沃斯先生看了看站在他身边的女儿，他轻轻地走到女儿面前，说道：“你必须小心，你必须一直警惕。事实上我们都必须谨慎，这是个大变动，我们会受到古怪的影响。我并不是说他们是坏人，我不预先论断人。但是因为他们，我们必须有极高的智慧和自制力来处理这些事，这就是另外一个层面的事情了。”

格特鲁德沉默片刻，对父亲的言论无动于衷。她接着说了一句话，口气不像是在回答问题：“我想看看他们是怎么生活的，我很确信他们会过不同的日子。她会做各种各样的小东西，当我们去那里的时候会感到置身欧洲。她会搞出一间闺房，会邀请我们在很晚的时候赴宴，会在自己的屋子里做早餐。”

夏洛特又看向她的妹妹。对她而言妹妹的想象力就像脱缰的野马。她知道格特鲁德一直喜欢脑洞大开——妹妹也常以此为傲。但是她同时认为这是个危险而不负责的想法，此时此刻依照她的感觉，这种胡思乱想已经带来威胁，正把妹妹变成一个仿佛突然从远方旅行回来的陌生人，将自己观察到的一切古怪和潜在的不愉快带出水面。夏洛特的想象力从来没有在任何时候信马由缰，她就像看管自己的口袋（以及其他一些物件，如顶针、薄荷油盒和一块鱼胶硬膏）那样约束自己的想象力。“我不相信她会做晚饭——或是任何早饭。”温特沃斯小姐说道，“我不相信她自己能做任何事情。我应该给她准备一些仆人，她可能不喜欢这些人。”

“她有个女仆。”格特鲁德说道，“是个法国女仆。她提到过这个人。”

“我不知道这个女仆是否戴着小长笛帽，穿着红色的拖鞋。”丽兹·阿克顿说道，“罗伯特曾经带我看戏，戏里面的法国女仆就是这样的打扮。她穿着紫色的袜子，非常邪恶。”

“她是个贴身侍女。”从来没有看过戏的格特鲁德这样声明，“他们管这个叫贴身女仆。这将是学习法语的绝佳机会。”

夏洛特发出了轻微而无助的咆哮，她眼前出现了一个邪恶的戏剧人物，穿着紫色袜子和红色鞋子，说话的时候口若悬河、杀气腾腾、语言费解，从宏伟整洁的房屋最隐秘的内室里呼啸而过。

“这是欢迎他们来这里的一个原因。”格特鲁德继续说道，“但是我们可以让尤金尼亚和菲利克斯说法语，我的意思是说——从下次开始算起。”

温特沃斯先生一直让格特鲁德站在他面前，他向女儿再一次投去了最为真心、最为尖刻、也是最为无情的眼神。“格特鲁德，我希望你能给我一个承诺。”他说道。

“什么承诺？”格特鲁德笑着问道。

“别动不动就激动。别让这些——这些事情成为找刺激的理由。”

格特鲁德看了父亲一会儿，然后摇了摇头：“我不认为自己能够对那些事情做出许诺，我已经够兴奋了。”

温特沃斯先生缄默了一下，他们都不说话了，仿佛承认了某种鲁莽恶兆的存在。

“依我看他们最好还是去其他房子。”夏洛特小声说道。

“我会把他们留在其他房子里的。”温特沃斯先生更加意味深长地说了这句话。

格特鲁德转过身，接着看了一下罗伯特·阿克顿——她的表兄罗伯特是自己一个非常要好的朋友，她经常以这种方式看着罗伯特，而不是对他说话。然而此时此刻，她的这个眼神比起平时对罗伯特的意义而言更是胜过千言万语，引得罗伯特寻思她父亲的决策是否本着平息族人紧张神经的原则，堵住外国亲戚的机会。但是阿克顿立刻就温特沃斯先生的宽宏大量恭维了几句。“这样做是非常明智的。”他说道，“给他们一间小房子，你将会善待他们，而且无论发生什么事，你都会乐享其成。”温特沃斯先生非常宽容，他知道自己确实慷慨。他乐于知道宽容、感受慷慨，见到这点义气记载在名册之上。这种快乐只是显而易见的一种放纵行为，事件的叙事者会把这些事情归到他名下。

“我发现在这里可能最多就三天旅程。”他们在搬进了小白屋以后，明斯特夫人这样对她的弟弟说，“这将会很隐秘——绝对有隐私保证。早餐、正餐和家庭茶点——如果到了第三天那就是世界的尽头了。” 她还看了看仆人奥古斯汀，此人聪慧异常，非常自信。菲利克斯说自己决定此生就生活在温特沃斯大家庭里，他们是世界上最和善、质朴、友好的人，他非常喜欢这里的所有人。就质朴与和善这两点来看，女男爵是同意弟弟的看法的，他们确实是非常善良的人，她也非常喜欢他们。这些姑娘都是完美的淑女，尽管身上有些乡土气息，没有哪个女孩能比夏洛特·温特沃斯更称得上淑女风范了。

“不过认定他们是世界上最好的伙伴。”女男爵说道，“那得另当别论，至于说要跟他们做*紧挨对门*的邻居，我倒是希望再次躲回修道院成一统，穿上斜纹布围裙，睡在宿舍里。”然而就是这样女男爵还是很有幽默感，她感到非常愉悦。凭借着生动的知觉和精妙的想象力，她能够欣赏任何有特色的事物和任何种类中的善品。温特沃斯一家对她而言是以下一类人中的至品：极其和平安详，道德上洁白无瑕，遍布着浅灰色的清新感，有着在她眼中被称为贵格会派头的静寂和仁慈气质。这家人物质生活极其富裕，某些东西是人们在希尔贝尔斯塔特-石勒肯斯泰因的寒酸小朝廷里见不到的。她很快意识到美国亲戚很少想钱，很少谈钱，这点给尤金尼亚留下了深刻的印象。她还同时发现如果夏洛特或格特鲁德想向父亲要一大笔钱，父亲会二话不说交到她们手上，这点更让尤金尼亚刻骨铭心。所有见闻中最大的印象可能来自另外一则推断。女男爵凭借直觉确信，如果喋喋不休的妹妹缠着他，罗伯特每周每天都要在这个情况下摸口袋。根据女男爵自己的说法，这个国家的男人非常友善。她对外宣称自己是寻找退休疗养之地，这个理由一点也不靠谱；女男爵自己从来没有说过完全不着边际的话，但是有必要再补充一点的是，她也从来没有说过完全符合事实的话。她给德国的一个朋友写信说自己去美国是重返大自然，这感觉好比饮用新鲜牛奶，她对饮用新鲜牛奶十分满意。当然她对自己说的心里话是有点无聊，但是事实上她认为这种很小的无聊不足挂齿，就是这点可以说是她饱满精气神的最佳注脚了。就她而言，从她所居住的寒酸乡村小别墅附近的广阔空间一眼望去，可以看到无声无息的田野、遍布石头的牧草地、明净无瑕的池塘、崎岖不平的小果园，她从来没有置身过如此深厚的寂静之中，这简直就是一场精致的感官享受。一切都是那么美好、纯洁、平安，在这其中某些美善的事情肯定会降临。

奥古斯汀虽然对她的女主人的智慧与远见有着毋庸置疑的信任，但却陷入了极大的困惑和失望之中。往常，她一旦明白女主人的意思，便执行她的指示，但是素来能够理解女主人心意的她此时此刻却猜不透尤金尼亚的心境。女男爵*在这个倒霉的环境里*

究竟在干什么？她究竟希望看到什么样的鱼儿跃出这些死水？很明显这猎物藏在深水处。奥古斯汀能够信任她，但是从女仆黑色的皮肤下可以看出她瘦弱、清醒、蜡黄而带着中年沧桑的面相，此面相与格特鲁德·温特沃斯概念中的女仆全然不同。在温特沃斯一家人的印象里，即便是自己家展现出安宁富足的朴实一面，女仆也是个轻薄女人，看了此情此景，便会皱起最为酸溜溜的眉头。幸运的是，奥古斯汀能够以行动平息别人的怀疑。在认定小白屋非常寒酸这一点上，她跟女主人一条心，甚至比女主人的看法更进一步。奥古斯汀心里说："这需要建一间厕所来。"她开始等候看门人，放置蜡烛，在不如人所愿的情况下经过研究，想方设法给沙发和椅背放上并不配套的毛毯铺垫。

女男爵将她的大量生活习惯带到了新世界，温特沃斯家的两个闺女前来看望她时，被她衣柜里五光十色的衣服吓得不轻。柜子上挂着印度围巾，客厅大门挂着精致布帘，还有一些珍稀布料与格特鲁德抽象风格的晚礼服斗篷相对应。窗户上挂着粉红色的丝绸窗帘，整个屋子的色调和搭配由此变得暧昧朦胧。

"我已经让自己变得自在些了。"女男爵说的这番话让夏洛特大为困惑，本来夏洛特打算帮女男爵收拾多余的布料和衣服。但是夏洛特觉得难看的这些衣服和布料，换在格特鲁德眼里就是最为天才、有趣、浪漫的创意。"生命中如果没有了窗帘，又有什么意义呢？"她暗自思忖，脑海中浮现了这样的图景：屋内没有彩灯装饰，但是艳丽非凡。

菲利克斯是个能对任何事情都劳神费心的年轻人——至少能被对所有激发起愉悦感的情景点燃。他找乐子的能力很强，享乐的欲望很迫切，经常为了找乐子而选择自取其辱和自讨苦吃。从本质上讲，他的知觉感官是乐子与求新并存。菲利克斯乐于图变，一旦遇到变化，他的内心要比表面上更加舒服。从来没有一个人能像他这样好运连连，他不浮躁、没有忧虑、也不会野心勃勃，更不会与命运的暴君赛跑，但是信心坚定，毫不在意逆境，而是像随风飞舞的花朵那样以简单自然的路径规避。菲利克斯从万事万物当中寻找乐趣，他的全部天赋能力——想象力、智力、热情、感官体验都用在这个游戏当中了。对他而言他和尤金尼亚都受到款待，温特沃斯先生在此展现的高风亮节，绝对有作为父亲的慷慨和社会公众影响考量两方面所起的共同作用。例如对温特沃斯先生本人而言，他很少会为客人腾出房间。菲利克斯非常乐意看到有自己的房子住，因为苹果树丛中的白色小别墅（明斯特夫人总是习惯叫它小木屋）比起在任何还看得过去的庭院的小*角落*里租住、延迟缴纳房租要划算得多。

菲利克斯平生花费大把时间调查庭院，他将一双袖子略有磨损的胳膊放在高窗下的壁架上，接着一轮厚厚的香烟雾气飘向空中，街头小贩的叫卖声渐行渐远，古老钟楼的报时声越来越清晰可辨。他从来没有见过像新英格兰田野那样如此富有乡村气息的地方，毫无理由地喜欢上了新英格兰人粗犷的田园生活，也从来没有享受过如此高规格的安全感。可能下面评论会把他勾画成卑鄙的冒险家，但是我必须说他在每天同舅舅一同进餐这一点上发现了让人难以抗拒的乐趣。然而这个不可抵挡的乐趣在于他的想法为这个不起眼的小木屋照进了一缕乐观之光。他对摆在自己面前的食物赞不绝口，新鲜丰盛的食物让他以为当地人生活在神话时代。他们在草地上摆好餐桌时，像从丰饶角里拉出山珍海味来一样，根本不用厨房的炉子。但是菲利克斯更为欣喜的是他可以坐在这家慷慨高尚的人中间直呼其名，他们除了关注菲利克斯所讲的内容外，没有其他事情比这个更有魔力了，这就好比一大片有着细密纹理的洁净画布，就等着迎接水彩的绚丽涂抹。

菲利克斯之前从来没有过亲戚，也从来没有与年轻的未婚女子有如此无拘束的接触。他非常乐于待在淑女群里，对他而言以这种方式享受很新奇。起初菲利克斯无法理清自己的思绪，因为他同时无差别地喜欢上了三个姑娘。他看到丽兹·阿克顿要明显比夏洛特和格特鲁德漂亮得多，但这又够不上明显的优势。他的乐趣来源于三个姑娘的共性——一部分原因确实是这些姑娘有着窈窕身材，可以穿着有明丽色彩的轻薄衣服。但是她们在其他方面也出类拔萃，菲利克斯通过接触可以感知这点，而且这也是最让他心仪的地方。他很幸运地认识很多贤德的名门淑媛，但是现在他看到自己的亲戚就像在玻璃橱窗下看画一样（尤其是她们都未婚）。他现在感到玻璃是多么荒唐的存在——玻璃板如何妨碍正常观赏，如何反射其他物品的映像，让人从这一端走到另一端。他没必要问自己，夏洛特、格特鲁德和丽兹·阿克顿是否处在正确的光源位置，她们总是处在正确的光源位置上。他喜欢关于这些姑娘的一切，例如，面对这些姑娘小脚高脚背的事实，他也照样喜欢。菲利克斯喜欢姑娘秀气的鼻子，倾心于她们悸动的眼神和顾虑的神情，这根本就不是积极的交流方式。他现在有好几个小时单独一人在任何地方能够无拘无束地跟其中任何一个姑娘相处，知道这点的时候他喜不自禁，在将选择这一个姑娘还是那一个姑娘作为驱散自己孤独的伴侣时，他觉得这是件无足轻重的小事。夏洛特·温特沃斯甜蜜又严峻的神情与丽兹·阿克顿意味深长的蓝眼睛一样赏心悦目，格特鲁德正款款而来，倾听别人的风姿与其他姑娘一样吸引人，尤其是她娉婷而行的样子。过了一会儿，菲利克斯开始分辨这些姑娘，但是即便如此他也突然希望这些姑娘不要太过伤感。甚至丽兹·阿克顿即便是个机灵的小话唠儿和开心果，也有给人伤感的意味。就是克利福德·温特沃斯也在他的爱好中渗透着童年趣味，他留着一辆多轮婴儿车和一匹有着世界上最秀气马腿的红褐色小母马——甚至这位幸运的小伙子有时也会怀揣着恶毒的念头，投射出躲躲闪闪的异样目光，从你背后悄悄溜走。按照菲利克斯的感知，这一圈人中唯一没有压迫感的人就是罗伯特·阿克顿。

可能在归置完这些光彩夺目的家具后，明斯特夫人会发现自己要面对无聊，但是她并没有在意这个。女男爵有着杌陧不安的灵魂，可能将自己的焦躁投射到她所处的任何场景当中，到了某个时刻注定会厌倦过来拥抱她。她总是期望着某些事情发生，待到既生倦意，期望本身却是舒心的愉悦。每当女男爵刚刚期望事情发生，她就展示出一些巧思妙想，这足够让她在四处观望的时候找到一些事情来充实自己的想象。她确信自己对新亲戚着了迷，像弟弟那样，流露出了自己对找到一家人所激发的罕见满足感。当然，她最大限度地享受到了亲戚尊重带来的温暖，完完全全地受到了盛情款待，体验到了无数辞藻华丽的恭维。但是她清楚依照现在她所处小圈子的比较标准，自己从来没有这样被当成显赫人物，受到如此高度的重视，自己现在成了暧昧情愫中的香饽饽。确实这种被善良的人们众星捧月的感觉给予她无与伦比的巨大力量。她自己心里想：确实，如果因为这点，他们不会发现不利于女男爵本人的证据，由此众人也会忽略一些女男爵本人的优点。不过女男爵会在思考的末尾提醒自己注意这点。

夏洛特和格特鲁德两个人感到很迷茫，她们既想吸引明斯特夫人的注意，又害怕明斯特夫人认为两个姑娘对她纠缠不清。迄今为止，果园中的小屋子不是家族中的亲密好友在夏天占用，就是被穷亲戚占温特沃斯先生殷勤周到的便宜，在不为人注意的季日（quarter-day）或房屋修缮期间蹭住。每逢这些情况，隔着各自不起眼花园彼此相望的小木屋和大别墅，其大门都会互相敞开，对随时来的访客不征收任何费用。但是在温特沃斯家两个姑娘的印象里，尤金尼亚绝不遵循“顺便拜访”的原始规矩，很明显她根本不清楚没有看门人的生活是什么样的。“别人来你家拜访，除了没有见到忙来忙去的仆人外，其他一切跟小客栈毫无二致。”格特鲁德这样对夏洛特说，还提到她认为这里趣味十足。格特鲁德对姐姐解释自己的看法与她真实的看法恰恰相反，她根本不喜欢这里。夏洛特问她为什么不说实话，格特鲁德回答一旦人们对她了解更深，就会发现背后有非常多非常充分的理由。“诚然，人没有合适的理由去撒谎。”夏洛特说，“我希望她不要往这方面想。”

当然，她们从最初就希望为尤金尼亚打理一切，帮助她照顾自己。在夏洛特眼里这里有很多文章可供讨论，但是女男爵明显倾向于对所有事不予讨论。

“给她写个纸条，征得她的同意，过去看望她。我认为她会喜欢这种方式的。”格特鲁德说道。

“我为什么还要给她找麻烦，让她答应我？”夏洛特问道，“她还要写个条子，递过来。”

“我认为她不会为此费心。”格特鲁德郑重其事地说。

“那她会怎么做？”

“这是我特别好奇，想看的。”格特鲁德说道，这番话给姐姐留下的印象是妹妹的好奇心已经病得无可救药。

姐妹俩事先没有通知女男爵，就过来看望她了。在由女男爵布置的小客厅里，满是阳光与花彩的氛围中她们找到了罗伯特·阿克顿。

尤金尼亚光彩照人，但是女男爵嗔怪姐妹俩疏于照管。“你们瞧瞧阿克顿先生对我多么关心。”她说，“我的弟弟出外写生数个小时，我可不能指望他，因此我派阿克顿先生恳请二位过来给我出出主意。”

格特鲁德看了看姐姐，就急忙解释道说：“这就是姐姐一手策划的杰作。”夏洛特说她们姐妹二人希望女男爵能够前来一同用膳，这会让姐妹俩感到很荣幸，省得自己再去另外找厨师。

“啊，我必须有个厨师。”女男爵喊道，“一个戴着黄色头巾的黑人女仆，我一直把这件事放在心上。我特别想探出窗户，看着她坐在草地上，正对着弯曲幽暗的小苹果树，给满膝的玉米剥皮的样子。你清楚这样有地方特色。这里没有地方风情——你不介意我说这个，是不是？——因此人必须充分利用他所能得到的一切。无论你们何时邀请我一同用餐，我都乐意。但是有时我要和你们敲定时间，我能够向阿克顿先生问问意见。”女男爵又说了一句。

“你必须到我家里来问我。”阿克顿先生说道，“你必须过来看我，你必须首先跟我一同吃饭。我希望能让你看看我家，希望介绍你到家母身边。”两天后他再一次对明斯特夫人这样说。他一直待在别人的房间，以前他总是习惯从自己的房间走到田野，比起亲戚来，他对别人顺便拜访的顾虑少得多。在这种情况下他发现布兰德先生对这位风情万种的陌生访客致意，但是他一来，这位青年神学家就不置一词了。他双手紧握坐在椅子上，以凝重的目光注视着女主人。女男爵同罗伯特·阿克顿搭话，但是谈着谈着，她就转过身来向布兰德先生微笑，布兰德的目光一刻都不曾离开女男爵。

两个男人一同离开，他们来到温特沃斯先生的住所。布兰德先生仍然一句话不说，但是两人走到温特沃斯的花园后，他停下脚步，朝白色小屋回望了一段时间。接着他半边脸稍微绷着，半边脸松着，眼睛却不由自主地看着同伴。“现在我认为这之间可以被称为谈话。”他说，“真正的谈话。”

“这就是我讲的所谓非常聪明的女人。”阿克顿笑着说道。

“这是最有趣的。”布兰德先生接着说道，“我只是想着她说法语，要是这样的话就好跟上她的节奏了。这肯定是我们熟悉的谈话风格，就是我们从书本上读到的那种——斯塔尔夫人的风格和雷卡米耶夫人的风格。”

阿克顿也瞧了瞧掩映在蜀葵和苹果树中明斯特夫人的住所。“我想知道的是。”他笑着说，“她是怎么把雷卡米耶夫人带到这个地方的！”

第五章

温特沃斯先生一手握着拐杖，一手拿着手套，每天下午都来看外甥女。几个小时后她到大别墅去享受下午茶。她要求自己平常应该坐在地上吃饭，无论何时女男爵很高兴看到女黑奴戴着猩红色头巾坐在苹果树下剥豌豆的场景。预备黑人老用人的夏洛特认为这是奇怪的一家人，尤金尼亚告诉夏洛特，奥古斯汀管理一切事务，就连老用人也是归她管理——奥古斯汀天生就厌恶英语，恨不得所有的英语都从身边消失。这里我要说夏洛特·温特沃斯最失望的情感就是：尽管条件有诸多不周，但是从尤金尼亚个人角度看，家居布置不是那么协调，这点夏洛特看到以后感到很失望。女男爵觉得吃下午茶很惬意，每次参加下午茶时总是盛装赴宴。茶桌上的甜点别出心裁，色香味俱全，用完下午茶后他们都坐在柱廊下聊天，或是借着星辉徜徉在花园，耳旁响起奇怪昆虫的鸣叫声，这些昆虫被全世界的人们当成是魔幻夏夜的一部分，到了女男爵那里，这些西部天空下的一切有着无与伦比的意义。

尽管正如我所言，温特沃斯先生总是小心翼翼地拜访她，但并不习惯外甥女的生活方式，难以相信这就是他同父异母妹妹的孩子，这一点着实榨干了温特沃斯先生的想象力。对他而言，他对妹妹的印象就停留在早年的记忆里，妹妹外嫁异国时芳龄二十，自此去国千里不复还，这桩跨国婚姻任性而为，不受人祝福。他的姨妈怀特塞德太太为了旅行，把妹妹带到欧洲，姨妈在返程的途中带来了一则令人悲伤的消息，妹妹将自己的命运与阿道弗斯·扬的命运紧紧地绑在了一起。凯瑟琳没有做任何事情安慰家人，她甚至也不给他们写信，表达对他们死灰之心的真切慰藉，由此在波士顿的社交圈里形成了传统：对待这位年轻女士最好的态度就是彻底忘记她，也拒绝猜测她的乖张悖逆会给子子孙孙带来多大的罪愆。关于这些年轻人的情况，有一份含糊其辞的消息传到他耳边，不过这些年来温特沃斯先生从来没有对此有过任何想法。家务俗事缠身，尽管他经常挂心自己是个不真诚的舅舅，但很可能他并不是真正的绝情之辈。既然外甥和外甥女都来到身边，他发现这两个人的成长方式跟自己熟悉的子女大致成人的途径截然不同，完全是受到另外一个环境熏陶的结果。他不会感到愤怒，说这些环境影响会诱导邪淫的作为。但面对光鲜靓丽、风姿绰约而极富大家闺秀风范的外甥女，温特沃斯先生有时害怕自己不能给她关爱。面对外甥女散发的异域风情，他吓得瘫了一样。她总是说着一种完全不同的语言，遣词咬字总是有股洋味儿。但是温特沃斯先生不能这样做，他甚至不能用自己的方式来揣度外甥女在世界的存在。她是外邦贵族的太太，温特沃斯先生不想认这个外甥女。女男爵嗓音不凡，但是长者感觉自己没有凭据，对她吃不准。老人似乎本着对世俗社会长久的把握，以德高望重、经验老道的尊者眼光来审视之。但是现在经验都不在了，他自己又羞于承认——要是通过对尤金尼亚的询问可能更多表现出自己的无知——这位亲戚手足无措的情形自然显现。

似乎对他而言，正如他自己所说本来可以跟自己的外甥走得更近，尽管温特沃斯先生不能确定菲利克斯是否完全正派。年轻人俊朗非凡，健谈如流，别人不可能不对他另眼相看。然而貌似在这个阳光、积极向上的青年内心深处潜藏着某种近乎污秽邪淫之事——对他有这种不良念想的推断仿佛是板上钉钉的。尽管菲利克斯一点都不严肃，但是人们看到相较于那些一本正经的年轻人，菲利克斯的分量更重，反响更大。温特沃斯先生看出外甥对自己不加限制的崇拜之情，尽管他认为这点很异常。他认为外甥是个最为高尚、慷慨、敏感的老派绅士，长着英俊的脸庞，透着一股禁欲主义的气息，这样的身板非常适于素描。菲利克斯充分展现出了自己挥舞画笔的习惯，他时刻准备用最合理的画笔来表达最惊艳的相似，如果这点被人误解，真不是他的错。“他是名艺术家——我的表哥是个艺术家。”格特鲁德说道。她向所有能够接收信息的人传达了这一点。而她仿佛以敬畏告诫之心提醒自己。在僻静的角落、古怪的时刻她反复对自己提及这点，菲利克斯本人被赋予了神奇的特质。格特鲁德之前从未见过艺术家，她只是从书上看到过这些人的故事。她眼中的艺术家是个浪漫神秘的群体，平时的生活都充满着常人一辈子的精彩意外。然而这点只会让格特鲁德更加相信菲利克斯真的不是艺术家，这也是菲利克斯平时一再强调的。“对任何事情我都没有正儿八经地去做。”他说，“我学过，但没有受过正规训练。凡事我都浅尝辄止，门门都懂但样样稀松。本人充其量就是个业余爱好者。”

格特鲁德认定他是爱好者而非艺术家，这点让她心情更为舒畅。原来的用词“艺术家”在她眼中有着更为微妙的含义。然而她知道这个词更为严谨朴素。倒是温特沃斯先生很随意地用这个词，尽管他对艺术家并不是非常熟悉，但是这个词可以方便地给菲利克斯归类。年轻人绝顶聪明，十分活跃，表面上光彩照人但是没有从事任何具体的产业，是个胡搅蛮缠的异类。但是女男爵和她的弟弟（女男爵总是被人首先提及）是温特沃斯先生与女儿以及访客间非常火热的聊天话题。

“敢问这个年轻人——你的外甥究竟做何工作？”来自萨勒姆镇的年长绅士布罗德里普先生问道。这位长者1809年在哈佛学院读本科的时候是温特沃斯先生的同窗，后来在温特沃斯先生位于德文郡街的办公室工作（在以后的岁月里，温特沃斯先生每周三次来办公室工作，从事大量机密的企业信托交易）。

“嗯，他是名业余艺术爱好者。”菲利克斯的舅舅双手紧握，十分满意地说道。布罗德里普先生回到萨勒姆镇后，觉得这句话可能是“欧洲化”的表达，指代中间商或粮食出口商。

“先生，我想画一画你的头。”一天夜里，菲利克斯当着众人的面对他的舅舅说道——布兰德先生和罗伯特·阿克顿也在场。“我认为自己可以画一张非常好的画像，头很有趣，散发着十足的中世纪气息。”

温特沃斯先生面色沉重，他感到很不自在，仿佛所有人都通过窥镜来看他。“主让我长着这样的头。”他说道，“我认为对任何一个男人而言都不想让上帝再造出另一个了。”

“当然是上帝创造的了。”菲利克斯笑道，“神造出来的头非常精致。但是生活淬炼了神的工作，这是一颗非常有意思的头。饱经风霜，面容极其苍白。”菲利克斯看了看四周的人群，仿佛在让人注意这个有趣的话题。温特沃斯先生的面容变得更为惨白。

“我非常希望你当一名老的神父，一名老的枢机主教，或是一名隐修会的会长。”菲利克斯接着说。

“一名神父，枢机主教？”温特沃斯先生喃喃自语道，“难道你指的是罗马天主教的教士身份？”

“我指的是那种过着非常纯净朴素生活的老教士。先生，现在我拿来给你举例子，讲的是别人看到你脸的感受。”菲利克斯继续说道，“你是一位非常——一位非常谦逊的长者。难道你不认为别人总是通过脸庞来观察人吗？”

“比起我的想法来，你从脸庞观察到的东西更多。”温特沃斯先生冷静地说。

女男爵摇着扇子，放声大笑。“贴得那么近去看人家太冒险了！”她叫道，“我的舅舅意识深处有不检点的地方。”温特沃斯先生痛苦地看着她，惘然若失，脸上分明诉说着他过着纯净禁欲生活。“我的好舅舅，你是个*帅老头*。”明斯特夫人闪烁着充满异国风情的眼睛说道。

“我认为你在奉承我。”老人说道。

“没错，我可不是第一个这样做的女人！”女男爵强调道。

“你分明就是。”温特沃斯先生一本正经地说，接着转向菲利克斯，以同样的语气说道，“请不要为我画肖像。孩子已经为我照了张银版相片。我对相片很满意。”

“我发誓不会乱画的。”菲利克斯说道，“绝不会在你的头部掺杂任何东西！”

温特沃斯先生瞧了瞧他，继而又看了看其他所有人，接着他起身，缓步离开。

“菲利克斯。”格特鲁德打破了随后的沉默，“我希望你能给我画画。”

夏洛特疑惑格特鲁德说这句话是出于真心还是给人台阶下。

夏洛特一直以最为坚定的眼神看着布兰德先生。不论格特鲁德说什么做什么，夏洛特一直看着布兰德先生。正如夏洛特一直所想，她这样做是出于照顾格特鲁德的利益，这是她注视布兰德先生的一贯托辞。事实上她热切关注格特鲁德每次的正确选择。在夏洛特个人看来，这个小小的坚持成就了英雄般的妹妹。

“我们应该很高兴收藏你的肖像，格特鲁德小姐。”布兰德先生说道。

“我很高兴能够有这样一位曼妙的模特。”菲利克斯断言。

“亲爱的，你是不是认为自己很可爱呢？”丽兹·阿克顿停下了手中的针线活，略带一点没有冒犯的傲慢问道。

“这并不是因为我认为自己漂亮。”格特鲁德朝着四周的人群看了一眼以后说道。“我一点都不认为自己长得有多好看。”说这句话的时候她略带刻意。似乎夏洛特听到妹妹这样公开讨论问题感到很奇怪。“那是因为我认为坐在椅子上被人画画，感觉很畅快。我一直在盼着这件事。”

“我亲爱的女儿啊，很遗憾你没有提出更好的想法。”温特沃斯先生说道。

“格特鲁德表妹，你真的非常美。”菲利克斯宣称。

“这是恭维。”格特鲁德说道，“我把收到的所有恭维放进一个一边有投币口的小扑满里，摇来摇去，发出声响。到现在也没几个钱——也就两三个硬币。”

“不，这可不是奉承，”菲利克斯回复道，“你瞧瞧，我很小心，不会用客套话来说的。开始的时候我并不认为你第一眼有多漂亮，但是慢慢地越看你越顺眼。”

“现在小心，你的扑满开始要爆炸了！”丽兹叫道。

“依我看，为了画肖像画就静坐，充其量就是某些人闲得没事而搞的消遣之一罢了。”温特沃斯先生说道，“他们共同的名字叫庸众。”

“我的好先生。”菲利克斯叫道，“不能因为你让人家以静坐方式来工作，就说人家闲得没事啊！”

“一个人在睡觉的时候，也会被画师入画啊。”布兰德先生插进了讨论，说了这番话。

“啊，我睡觉的时候，你就这样画我。”格特鲁德笑着对菲利克斯说道。她闭目养神一会儿。就是这个时段让夏洛特倍感紧张，不知道格特鲁德下一步葫芦里卖什么药。

翌日，她开始为了画肖像画静坐起来——位置在广场北边的空旷地带。“我希望你能告诉我你对我们的真实看法——我们在你心目中是什么样子。”菲利克斯坐在画架前，格特鲁德这样对他说。

“在我眼中，你是世界上最好的人。”菲利克斯说道。

“你这样说。”格特鲁德接着说，“因为你这样措辞，可以省去评论其他人而惹来的麻烦。”

年轻人从画布顶端瞥了她一眼。“我还能说什么呢？如果我要说一切不同的话，肯定会惹来一大堆麻烦。”

“那好。”格特鲁德说道，“你在遇到自己心爱之人前已经阅人无数，是不是这样？”

“那还用说，谢天谢地！”

“他们肯定与咱们是差异很大的那种。”格特鲁德跟上。

“那只是证明。”菲利克斯说道，“世界上存在着一千种可以成为好伙伴的方式。”

“你认为咱们是好伙伴吗？”格特鲁德问道。

“咱们是最好的伙伴。”

格特鲁德沉默片刻，接着说：“那肯定也有一千种方式变得可怕、乏味、无趣。”她又说：“有时候我认为咱们可以对此善加利用。”

菲利克斯很快站了起来，举起手。“如果你能保持这种脸型半个小时——就是在我画画的时候一直保持这样不变！”他说道，“绝对是无与伦比的秀美。”

“为了显得天姿国色而保持半个小时——这样说我倒是赚大了。”她回答道。

“这幅画将会描绘一位刚刚为自己发誓又反悔的青年女性。”菲利克斯说道，“在闲暇时思来想去的样子。”

“我压根就没有发过任何誓言，立过任何契约。”格特鲁德板着死沉死沉的脸说道，“真没什么好反悔的。”

“我的好表妹，这只是打比方。我打包票在你显赫的家族里没有人对任何事会反悔的。”

“然而我们总是在反悔！”格特鲁德强调道，“这也是我所谓的我们无趣的原因。你对此知根知底吗，只是假装不知道。”

菲利克斯很快笑了起来。“半个小时正在过去，你比以前任何时候都漂亮。你瞧，人必须注意自己说的话。”

“对我。”格特鲁德说道，“你爱说什么就说什么。”

菲利克斯以艺术家的才能打量着她，安安静静地画了一段时间。

“没错，在我看来，你跟你父亲和姐姐差别很大——你跟你周边一同生活的大多数人都不一样。”他观察道。

“如果要说一个人自身的话。”格特鲁德接着说，“就好比说——至少是含蓄地说——某人某方面更好，而我这方面比不上他们，我自己的水平远远比不上。但是如果他们说我与众不同。那会惹得他们不愉快。”

“因为你指责我不说实话，不讲我对你的真实感受，我可能承认我有这个倾向——通常在你这里我这点很明显——如果搞不好，很容易惹得不愉快。”

“我希望你能把这点告诉家父。”格特鲁德说道。

“这会让他更不愉快的！”菲利克斯笑着强调道。

“这当然会了。我不相信你看到过这样的人。”

“哎哟，我的好表妹，你怎么知道我见过谁谁谁呢？”菲利克斯问道，“我该告诉你什么呢？”

“你可以跟我说的东西多了去了。只要你愿意。你见过像你自己这样的人——这样的人光彩夺目，沉湎享乐。我们不喜欢享乐。”

“没错。”菲利克斯说道，“我承认这点对我触动很大。在我眼里你们似乎并没有生活中尽其所能汲取一切快乐。似乎不想享受……你懂我说的是什么意思吗？”他停下来问道。

“请接着说。”这个女孩热切地说道。

“在我看来，你似乎把享乐放在很重要的位置上。你有钱又有空闲时间，按照欧洲人的话来讲就是有地位。但是有些人可能会说，你对生活有种悲观的看法。”

“人们是不是应该认为生活是光鲜亮丽、魅力多姿、精致优雅的，是不是？”格特鲁德问道。

“我认为是这样的——如果一个人能够做到这点。事实上人对生活的态度都取决于此。”菲利克斯又说道。

“你知道这世界上有很多苦痛。”他的模特说道。

“我看到了其中一部分。”年轻人回复道，“但是它们都在远方——在海的另一边。我在这里见不到，此处是天堂。”

格特鲁德不置一词。她坐着望着花园中的大丽花和红醋栗树，菲利克斯继续自己的工作。“为了‘享受’。”她最终开口道，“必须以不痛苦的方式对待生活，难道人必须做出错事吗？”

菲利克斯又一次露出了悠长而轻快的笑容。“说正经的，我认为不是这样的。在其他人那里是因为这个。你特别能够享受，这点让我印象深刻，如果你有机会的话，你享受但你也不会做错事。”

“我很确信。”格特鲁德说道，“你说别人那样认为，这点大错特错了。我们比自己认为的更靠近罪恶。”

“你比之前更俏丽了。”菲利克斯不恰当地插了一句。

格特鲁德已经听惯他这样说了，这时已经没有第一次听那么刺激了。“人该做什么事情呢？”她继续说道，“赴宴会、逛剧院、读小说、晚睡晚起？”

“我不认为人做什么、不做什么就能增加愉悦。”她的同伴回答道，“而是对生活的整体看法决定这点。”

“他们把这点看成规矩——这就是这里的行为方式。我经常被这样告知。”

“嗯，这是非常好的。但是还有另外一种方式。”菲利克斯笑着补充道，“把这点当成是机遇。”

“一种机遇——是的。”格特鲁德说道，“人们会由此得到更多快乐。”

“我并不试图说某种方式比另一种方式更好，因为这是我个人的方式——并不想对另外一种方式做出过多评述！”菲利克斯放下了画板和笔刷，双臂合抱，靠在椅背上，边审视自己的作品边说道，“你要明白，我是个非常好的人。”

“你的才华卓绝不凡。”格特鲁德说道。

“别别别。”年轻人以欢乐而中正的语调说道，“我并没有会太多，一点都不才华横溢。我向你保证，我如果知道这是真的话，我将会隐没无闻。世界将不会听到我的声音。”

格特鲁德惊讶地看着他。她正在思索着对自己陌生，而属于菲利克斯的浩大世界。那里到底有多少惊世天才，才能让菲利克斯的才华展现。

“总的来说你不需要对我跟你讲的任何东西太看重。”他停了一下，“但是只要我一开口，你就可能很信这一套——我比那些天性善良的羽毛头（愚笨之人）要好一点。”

“一个羽毛头？”她重复道。

“我就是某种波西米亚人。”

“一个波西米亚人？”格特鲁德之前从未听说过这个表达地理方位的名词。她确实对同伴所用词汇传达的潜台词摸不透。但是这个词让她感到很愉快。

菲利克斯将椅子放到后边，抬起脚来。他缓缓走向格特鲁德，笑意盈盈。“我就是某类冒险家。”他低头看着同伴说道。

格特鲁德迎着菲利克斯的微笑起身。“冒险家？”她重复道，“我愿意听一听你的冒险故事。”

突然她感觉菲利克斯要握住她的手，但是菲利克斯的手突然又缩回到画家服中。

“你应该知道这些。”他说道，“我是个冒险家，但是我的冒险旅程非常简单，都是非常快乐的旅程。我不认为这些是我不能讲述的故事，旅程非常愉快精彩，我愿意在回忆中重温这些。坐下吧，我要开始继续画画。”菲利克斯以自带说服性的笑容加上了这句。

格特鲁德那天又坐了下来，后来的几天也这样坐着。菲利克斯一边挥舞着画笔，一边跟她讲很多故事，格特鲁德如饥似渴地听着他的讲述。她的眼睛一直盯着菲利克斯的嘴唇。她听得十分入迷，有时候从姑娘沉重的神情中，菲利克斯感到她的不快。但是菲利克斯从来没有对自己创作过程中产生过的不快有片刻的怀疑。如果这种乐观情绪表达的希望成分并不多于偏见成分，那就是一种愚蠢。说他问心无愧是无关紧要的，因为最好的良心是一种自我反省。而这个年轻人聪明健康的天性用对了地方，毫无偏差。他告诉格特鲁德，他是怎样背着油漆工的背包在法国和意大利旅行的，他常常在旅途中为主人或女主人画上一幅讨人喜欢的画像。他告诉她，他是如何在一群音乐家中间演奏小提琴的，他们不是名人，而是在外国举办高级音乐会。他还告诉她，他是一群巡回演员剧团的短暂点缀，他们正忙于向法国、德国、波兰和匈牙利的观众解释莎士比亚的艰巨任务。

尽管吵闹定期出现，格特鲁德生活在着迷发狂的世界中：似乎她在阅读一部发生在平常日子里的浪漫小说。自她熟读《尼古拉斯·尼克尔贝》以来，从来没有见过如此动人的场景。

一天下午，格特鲁德来看望亲戚阿克顿太太，她是罗伯特的母亲，因为重病从来没有出过门。她独自一人徒步穿越田野归来——通常他们为了抄近路都这样走。菲利克斯跟随她的父亲前往波士顿，长者希望把年轻人介绍给自己的几个旧相识，这些老绅士记得年轻人的母亲，却不能说出二三件与他母亲相关的事。有几位长辈带着他们的贵妇太太，乘车从城里来到苹果树掩映的小木屋致意，车辆极富波士顿特色，载着显赫的客人，车厢大小不一，在去往邻近小镇的路上摇摇晃晃。下午正在逝去，在新英格兰落日的巨幅图景中点缀着银色和猩红，斜晖还在地平线上踟蹰不前。格特鲁德一路上走过嶙峋多石此时已经披上了清晰透彻光芒的原野，姑娘此时边走边沉思。在田野的一处门口，她远远地看见一个男人的身影，男人站在那里仿佛在等着姑娘的到来。走近以后她认出是布兰德先生，顿时有一种好久未曾晤面的感觉，她本来可以问候布兰德先生在这多久了，因为在她看来男人很晚才出现在房间里。

“我能和你一起回去吗？”他问道。女孩说只要男方愿意就可以后，布兰德先生发现隔着半英里远的时候就看见了姑娘，认出她是谁了。

“你的眼力肯定非常棒啊。”格特鲁德说道。

“是的，我的眼力非常好，格特鲁德小姐。”布兰德先生说。姑娘感觉他话中有话。不过在过去布兰德先生一向话里自有文章，格特鲁德也几乎完全习惯了这种方式。然而她感到现在布兰德先生的话里有股新的力量让她惊扰、困惑、激动。他一声不吭地走到格特鲁德身前，沉默片刻，发话了："你开始躲着我，我看你这样也不会嫌麻烦。但是大概……人们也不需要有太好的眼力来察觉这点。"

"我并没有躲着你。"格特鲁德眼睛没有注视对方，说道。

"我认为你在下意识地躲我。"布兰德先生回复道，"你甚至不清楚我在那里。"

"嗯，你现在是在这里啊，布兰德先生！"格特鲁德稍微笑了一下，"我很清楚的。"

布兰德先生没回答。他仅仅缓步走到格特鲁德身旁，然后两人走过青草地。现在他们走到了另外一处紧闭的大门前。布兰德先生把手放在门上，但是没有做出开门的动作，他站着，看着同伴说道："你是非常有趣、非常迷人的。"

格特鲁德瞥了他一眼，她看到布兰德先生脸色既苍白又兴奋，之前她从来没有见过布兰德先生兴奋的样子，她感觉这非常有看点，如果布兰德先生完全展露出神情，将会给人留下极其深刻而痛苦的印象。"什么迷人？"她问道。接着她望了望余晖浸染过的天空，感到内疚、不适，整个人都僵化了一般。站在一旁的布兰德先生，眼睛虽小，却以和善坚定的目光注视着格特鲁德。布兰德先生的形象代表着一座被遮掩一半的义务实体，此时在一定的距离之外才能重新出现。

"你有了新的兴趣，新的职业。"他接着说道，"我不知道能不能说你有了新的义务。"然后他加了一句："格特鲁德，我们还是有旧情的。”

“请打开门，布兰德先生。”她说道。她感到自己仿佛在说的那一刻十分怯弱易怒。但是布兰德先生打开了大门，让姑娘走了过去，接着他自己把门关在身后。格特鲁德还没来得及走，布兰德先生伸出手，立刻环住她的腰。

“我有些话想对你说。”他说道。

“我知道你想对我说什么。”她回答道，她正想说“我还知道你想怎样说”，但是这句话她咽了回去。

“我爱你，格特鲁德。”他说道，“我十分爱你，我比以前更爱了。”

布兰德先生说这些话的时候，格特鲁德已经知道了他会这样讲，她已经听过这些话了。这些表达对她没有任何魔力，她想来想去，觉得这些话非常怪。女性听到这些话的时候本来应该心花怒放的，但是这些话落到她耳边就显得平淡机械。“我希望你能忘了这些。”她郑重其事地说。

“我怎么会忘，为什么我应该忘记？”他问道。

“我没有让你许诺——也没有让你做出保证。”她说道，说这句话的时候，格特鲁德看着布兰德先生，声音略微颤抖。

“你让我感觉我对你有了影响，你已经向我敞开了心扉。”

“我从来没有向你敞开我的内心，布兰德先生！”格特鲁德带着愤怒叫道。

“那你并不像我和大家想象的那么坦诚。”

“我并没有见到其他人需要这样做！”女孩喊道。

“我指的是你父亲和你姐姐。你知道你听我的话，会让他们开心的。”

她微微一笑。“这不能让他们开心。”她说道，“没有能够让他们开心的事；这里没有一个人开心。”

“我认为你的表亲是非常高兴的——我指的是扬先生。”布兰德先生以轻柔到近乎胆怯的声音回复道。

“对他来说这样更好！”格特鲁德又一次微微一笑。

年轻人盯视她片刻，说道：“你非常善变。”

“我很高兴听到这点。”格特鲁德回答道。

“我不会这样。我认识你很长时间了，我喜欢你过去的样子。”

“要对你说声抱歉。”格特鲁德说道，“我要回家了。”

他站在一边，露着微笑说道：“你瞧，还是在躲着我！”

“那么，避开我。”女孩说。

他又看了看她，接着非常轻柔地说：“现在我不会避开你。”他又道：“但是我现在会离开你。我认为你会在忘掉一些事情后又记得我，最后会回到我身边。我对此很有信心。”

此刻布兰德先生的声音非常动情，他的言语中透出一股强烈的责备语气，使格特鲁德无法回答。他转过身站在那里，胳膊倚在大门上，看着壮丽的日落。

格特鲁德再次离开他，踏上回家之路，但是走到下一片田野时，她突然流下了泪。似乎她的眼泪是长时间集聚的结果，在有些时刻流泪是欢愉的解脱，但是现在一切都过去了。这对格特鲁德而言有点艰难，她再也没有哭过。

第六章

温特沃斯先生好几次在下午看望外甥女时看到罗伯特·阿克顿不止一次坐在明斯特夫人的座位上。对温特沃斯先生而言，这个不安的事实对他无所谓，因为老人无意与年轻人争夺尤金尼亚的恩宠。明斯特夫人的舅舅对罗伯特·阿克顿的推崇达到了无以复加的程度，阿克顿在这个大家族中也配得上这种高深而低调的赞赏。

族人对阿克顿引以为豪，他们对他的赞赏之情让一些习惯对自身小偷小摸轻微触犯法律边界不以为耻，反而“消耗家族信誉”的人无地自容。他们从来没有夸耀过罗伯特·阿克顿，也没有在与他相关的虚荣中沉醉而无法自拔，从来不敢引用阿克顿曾经说过的箴言警句，更不愿意提他做的仁事义举。但是对阿克顿宽广高深的仁心仁德，这些人的态度表面冷漠，骨子里玻璃心，这点也部分反映了他们对权利意识的看法。事实上从来没有人对他的行为做出公开的指摘和评判，单就这层而言没有其他事实比这更能说明阿克顿的高风亮节了。他受到的赞赏远远多于指责，但阿克顿默默地感觉自己是圈子里的装饰。相对于整个家族的其他成员，他是闯荡世界的老手。阿克顿曾经去过中国，回来时带来丰富的文玩藏品。他曾经发了一笔大财——或者说他将原先一笔很可观的财富增长了五倍。阿克顿单身、“富有”、幽默感十足，这三者的结合就是放在最保守克制的人那里都合格。人们想当然地认为他会利用这些优势来吸引一些出身优渥、举止清白的年轻女性“上钩”。

温特沃斯先生并不是那种公开承认自己喜欢某类人胜过喜欢其他人的长者（这部分是他身为父系家长的职责），但是认为阿克顿极端正派，大概是因为阿克顿在危机时刻有方法做出抉择，他的品性能够让自己远离明显邪淫不贞之事的试探。事实上阿克顿非常公正——他还有其他一些优良品质，人们确实认为温特沃斯先生在内心深处不为人知的地方隐约有如下认识：他表弟最大的优点是有一种令人羡慕的能力，可以大胆地吹口哨，而不受单纯判断的约束——因为他表现出比一般场合所需的更大更出色的勇气。但温特沃斯先生绝对不会冒险尝试阿克顿的决定，哪怕冒最小的风险去逞英雄。不过这点也不是对阿克顿的责备，因为罗伯特本人当然也不会亲自冒险。

阿克顿当然在万事万物上运用判断力——出于他自己的评估。他清楚自己绝非当地人小圈子所期望的那种世故之人。但是还有一点要说明的是，他的精明天性远非当地社交圈的人所能驾驭。他醉心于以幽默眼光审视万物，即便在最狭隘的圈子里也能发现大量的机遇。这些机会自从他一年半前从中国回来后，已经酝酿成型了很长一段时间，这构成了这位绅士生活中最有活力的部分，给沉闷的气息带来一股新风。他特别希望结婚。阿克顿喜好藏书，有一件精致的藏书室，也就是说他的藏书远比温特沃斯先生的丰富很多。他也喜欢藏画，但是必须承认的是，按照当代批评家的苛刻眼光，他家墙上挂着的都是相当失败的名家作品。他在哈佛学院接受教育，这所大学所给予他的远远超过其学校本身。阿克顿热衷于参加各种哈佛老同学聚会，这成了他在哈佛学院附近生活的主要内容，他住的地方离学校很近，每次乘马车来波士顿的时候必经此地。阿克顿对明斯特女男爵特别感兴趣。

明斯特女男爵对阿克顿非常坦率，至少她有意这样做。“我竟然在这个世界如此偏僻的角落里安家了！我打包票你觉得这点很奇怪。”她在来此地三至四周后对阿克顿说了这番话，“我确信你在怀疑我的动机，但我的目的很单纯。”此时女男爵已经是这个地方的老居民了，波士顿上流社会的最顶层人物来拜访她，克利福德·温特沃斯已经数次驾驶着他的轻便马车带着她去显要人物家做客了。

罗伯特·阿克顿坐在她旁边，摇着扇子。女男爵的休息室总是放着好几把扇子，每把扇子上总是系着不同颜色的长丝带，阿克顿总是把玩其中的一把扇子。“不，我一点都不觉得奇怪。”他微笑着慢慢说道，“如此睿智的女性在波士顿和近郊现身——这就根本不需要过多解释。波士顿是个非常好的地方。”

“如果你愿意这样说，那我得提提不同的意见。”女男爵说道，“*你说错了*。从某种程度上讲，我怎么同意都不为过。波士顿是天堂，我们就在天堂的郊区。”

“眼下我并不是在郊区，我就在波士顿。”刚在椅子上休息了一段时间的阿克顿说道。然而他并不总是在休息，就是在休息的时候也不像他假装的那样放松。在一定程度上，在放松的背后他想用自己的腼腆为自己找个挡箭牌。像同样情况下的其他人那样，他稍微夸大了表面情况。除此之外，制造出放松的氛围也是掩盖，以便他警视周边情况。他比这个睿智的女性更为老练的多，无论他怎么说女男爵睿智，按照波士顿的眼光她一点都算不上头脑聪颖。女男爵让他陷入一种悬在半空中的兴奋状态。他不得不承认自己从来没有见过像女男爵那样的女性——即便在中国的时候也没有见过。出于不可言说的原因他感到很羞耻，于是表面上装着摆弄的表情，仍以幽默的眼光审视着明斯特夫人。他一点都不认为明斯特夫人这次敬虔的朝圣之旅有多理所应当。可能之前有人会说，照着好事者的眼光来说阿克顿这个人是波士顿人当中的超级善人，甚至连来自最遥远异域的访客都会到新英格兰的大都会拜访他。诚然这件事带来的震动不小，无须解释。明斯特夫人很幸运地在新英格兰有好几个亲戚。然而事实上明斯特夫人给阿克顿的震动还是局限于她自己的小圈子，她充其量只是一位非常和善、光彩照人的异类。他非常清楚不该在向温特沃斯先生描述这些情况时，说得那么夸张，他将不会在老绅士面前提起自己是怎么怀疑起女男爵的来访动机的。事实上他无意将对女男爵隐约的不信任分享给任何人。这其中有个人趣味，这是他从中国回来以后所知道的最大趣味。不论好坏，他都会保守自己跟女男爵之间的秘密。他很享受自己独占女男爵的感觉，因为他是在社交谈话中最能恰当欣赏评估女男爵能力的当然人选。不久阿克顿就发现女男爵因为无法从这种独占中享受到一分钱的实惠，就对他不感兴趣了。

一天（阿克顿又一次坐在休息室，把玩着扇子），她请求阿克顿在恰当的时机，代她向波士顿的社交圈的某些人道歉，说明自己不能接受他们邀请前去赴会的理由。“这里有六处地点。”她说道，“名单长得吓人。夏洛特·温特沃斯用非常灵秀的手给我写了这份名单。名单上的主人准确无误，我知道该去哪里。温特沃斯先生嘱咐过我可以随便用他的马车，夏洛特也给我提供出行的衣服：一双非常紧的手套和一件硬得不能再硬的裙子。这几天我把衣服都脱下来了。他们肯定认为我是非常不正经了。”

“你让我代你向他们道歉。”阿克顿说道，“但是你没有告诉我一些可以向他们交代的具体理由。”

“这还有其他事情呢。”女男爵说道，“远超出我能承受的范围。比如我让你给我买束花，我给你钱。除了这些我没有其他理由了——不管怎么样，这些事情实在折腾人。如果这都不算小事，那在波士顿还有什么事情可以拿出来作为理由呢？别人对我说他们很真诚，他们不会闲扯无关紧要的小谎。菲利克斯应该跟我一起走，但是他从来没有做好准备，我见不到他。他总是在田间闲逛，对着有些年头的粮仓涂涂画画，或是一走就走十英里，或是给某人画肖像画，或是在池塘上泛舟，要么就是跟格特鲁德·温特沃斯打情骂俏。”

“我认为你过去见几个人应该是很高兴的。”阿克顿说道。“在这儿你的日子太平静了，对你而言活得非常无聊。”

“啊，平静，这生活是很平静！”女男爵强调道，“这就是我喜欢的生活，这是休息，这也是我来这里的原因，难道我要图个乐子吗？我已经享受过该享受的了。例如跟人见面——生活中我已经见了够多的人了。如果这听上去不是那么不体面的话，我在这里有个小小的请求，就是你们离开我！”阿克顿看了她一会儿，女男爵也看着他。她是那种让人看了以后觉得特别舒服的女性。“所以你来这里就是为了休息？”他问道。

“所以我可以说，我为一大堆不是理由的理由来到这里——知道不知道啊？——然而这些理由是最靠谱的理由：离开故地，改变自己，与一切决裂。一旦离开某地，必然抵达某地。我问过自己为什么不应该来这里。”

“你在路上当然有的是时间了!”阿克顿笑着说道。

明斯特夫人又一次看了他，接着笑道：“我当然有的是时间，自从来到这里以后，我就问我自己为什么来到新英格兰。然而我从来没有问过自己愚蠢的问题。我就在这里，似乎应该轮到你来谢谢我。”

“你离开的时候会看到我在路上设置的梗。”

“你说在我回去的路上设置一堆麻烦？”她一边调整玫瑰衣服上的小花束，一边问道。

“其中最大的麻烦就是——这个麻烦会如此的惬意。”

“那我就回不去了？你别那么确信啊。我在这里已经认识几个非常好的人了。”

“啊！”阿克顿说道，“但是你这么说，那我往哪里放？”

“我不是无视你的存在。请原谅我粗言粗语。但是凭着良心说话，我没有忽视你，一点也没有。”女男爵停顿道，“这并不是因为我来的时候没有看到你——像你这样的人。”

“像我这样的人？”阿克顿喊道。

“本来我有份热切的期望——在这里找到血亲之谊。一到这里我才发现，可能用我说的话来讲，这里都是虚情假意的人造关系。难道你没有发现不同吗？”

“我跟你看到的是完全不同的情况。”阿克顿说，“我想我跟你是人造关系。”

“这是常规关系啊。”女男爵强调道，“非常传统的常规关系。”

“嗯，有种方式能让一位淑女和一位绅士缔结正常关系。”阿克顿说道。

“你说两个人好上了？这可能是自然关系，也可能不是。无论如何。”尤金尼亚回复道，“*我们不在这里啊*！”

他们还没有发展到那一步，但是稍后女男爵开始跟他一同出行时，两人似乎成了一对。有好几次阿克顿乘坐着自己那辆由一对轻腿骏马牵引的豪华“座驾”，单独为女男爵而来。这给之前一直同克利福德·温特沃斯出行的女男爵别样的感受，克利福德比起阿克顿来年轻得多，还是女男爵的亲戚。人们不应该想着女男爵与克利福德调情的场面，他是个腼腆的男孩，波士顿上流社会很多人都认为他会与丽兹·阿克顿“好事将近”。事实上无论如何，女男爵不可能成为任何人的调情对象，因为她是已婚女士。一般人们会认定她的婚姻状况属于“贵贱通婚”，但是人们对这个概念有着天然的厌恶，认定这层关系除了结婚，没有其他任何实质性内容。女男爵家乡人甚至对这个概念和关系做出了更多的联想，认为里面有更多的文章。

阿克顿希望她能对美国风景做出高度评价，他带着女男爵走了很远一段路，选了沿途风景最美的路段和视角最佳的景点。如果我们在心满意足的情况下表现出善良的一面，那么尤金尼亚的德性此时达到极点，因为她从中体会到了诸多魅力：在郊外风驰电掣地穿行，时刻陪同的旅伴一同压低着马车，摆出驾驶动作让车轮像燕子出行那样在原始路况的路面上飞驰，女男爵认为他有求必应，可以做很多事情。有时一连数个小时看不到房屋，放眼望去唯有树林、江河湖泊以及被明丽山脉点缀的地平线。如我所言，在女男爵的眼里这些景色都非常荒凉，但是女男爵抵达新世界的那一刻起萌生的机遇感，也在对这片自然风景的印象中被放大了。

一天，其时已是下午稍后时分，阿克顿把马停在一处可以饱览风景秀丽的小山山腰。他一边让马站在一边休息，一边同明斯特夫人聊天。此处景色秀丽，尽管视野之内没有人烟，苍莽的森林，远处可以看到一条波光粼粼的大河，马萨诸塞州一半的山峰尽收眼底。路的一旁长满青草，更远处是一条深浅不一的小溪，草地上长满野花，小溪旁有一段倒下的枯树树干。阿克顿等了一会儿，终于看到一位农村旅人一路跋涉而来，他请求旅人帮忙拴住马——这是旅人乐意向同胞提供的服务。接着旅人帮助女男爵上马，阿克顿和女男爵最终骑着马走开了，穿过草地，在小溪旁的树干前坐了下来。

“我看你一点不像是从希尔贝尔斯塔特过来的。”阿克顿说道。这是阿克顿第一次因为特定理由跟女男爵提起希尔贝尔斯塔特。他知道女男爵在那里有先生，这点让他很不快，更要命的是，有人反复提及她先生是故意流放她的，这种事即便顺带提及也都是非常伤人的。当然女男爵本人经常暗示希尔贝尔斯塔特的事，这点千真万确，阿克顿也疑惑为何她的先生希望摆脱她。这对一位女士而言是非常稀罕的情况——这使得别人都当她是个弃妇。女男爵以极大的慈爱和尊严捍卫自己的名声，这点非常值得注意。她首先让大家感到这个问题双方有不同的看法，还让人理解自己的立场，当她摆明态度时会让人为之动容。

“当然了，这并没有让我想起那座城市。”她说道，“这跟大理石雕像和哥特教堂无关，跟有护城河环绕和尖塔耸立的巍峨德式宫殿无关。但是在这个小公国里还有其他一些可以看的地方。人们可能会沉醉于德国的古木幽林和群山传说中，这是人们站在石勒肯斯坦的窗边看到的乡下景色。”

“你说的石勒肯斯坦是什么？”阿克顿问道。

“是座雄伟的城堡——它是摄政亲王的夏季行宫。”

“你住过吗？”

“我住过。”女男爵说道。阿克顿沉默不语，他望了望前方没有城堡的土地。“这是你第一次向我问及希尔贝尔斯塔特。”她说道，“我想你特别想了解我的婚姻，这点肯定让你觉得很奇怪。”

阿克顿看了她一会儿，说道：“现在你可不想让我这样说啊！”

“你们美国人就是鬼路子多！”女男爵说道，“你们从来不堂堂正正地问问题。你们这里似乎有很多事情不愿意谈论。”

“我们美国人是非常知书达理的。”他回敬道，因为长期旅居异国土地，阿克顿的美利坚民族情感十分深厚，听不得别人对美国同胞的毁谤。“我们不想踩别人的脚跟。”他说，“但是我非常愿意听你谈论你的婚事。现在跟我讲讲你的故事吧。”

“亲王跟我好上了。”女男爵简简单单地回答道，“他苦苦哀求。相反，他起初并不希望我嫁给他。但是考虑到我拒绝听他的话，他就尽其所能给我婚礼。我那时年纪小，承认被甜言蜜语唬住了。但是如果现在再给我机会，我当然不会接受他。”

“这件事发生多久了？”阿克顿问道。

“啊，有些年头了。”尤金尼亚说道，“你永远不应该问女士年龄和日期的问题。”

“为什么，我想当一个女士在讲述自己的过往时……”阿克顿问道，“现在他想摆脱婚姻？”

“他们希望他搞个政治联姻。这是他哥哥的主意，他哥哥精得很。”

“他们肯定是天生一对！”罗伯特·阿克顿惊叹道。

女男爵耸了耸肩，略带哲学意味，接着说：“*您想要什么呢*？他们是亲王，认为待我不薄。希尔贝尔斯塔特是个暴君横行的小国，摄政王只要小笔一挥，就可以宣告婚约无效，但是他确实向我许诺，只要没有得到我的正式批准，他就不会解除婚约。”

“就这样你拒绝了离婚？”

“到目前为止，这是件不光彩的事，我这样做至少是希望能为难他们。但是在我的书桌上有一封小的文件，只要签上字寄回亲王即可。”

“那样的话就彻底一了百了？”

女男爵抬起了手，又放了下来。“当然我将会保留自己的名号，至少我有选择保留名号的自由，我想自己应该能保留住。人在世上必有正名方能行世，我也会保住自己的位置。这个名号很卑微——卑微的如此可怜，然而却是我安身立命的根本。”

“你只需要签字了事？”阿克顿问道。

女男爵看了他一会儿，说：“看把你急的！”

阿克顿缓缓起身，站起时手插进口袋里，讲道：“你不签名，图的是什么？”

“我图的就是这个筹码——如果我搞拖字诀，或是敷衍了事，亲王会回到我身边，可能会采取反对他兄长的立场。先生非常钟情于我，他的兄长一点一点蚕食他。”

“倘若他会回到你身边。”阿克顿问道，“你会——会不会把他带回来？”

女男爵看了看他的眼，脸上稍微泛了红光，然后起身。“我应该心满意足地说：‘现在该轮到我了，我要跟殿下您彻底一刀两断了！’”

他们开始走向马车。“嗯。”罗伯特·阿克顿说，“这个故事太少见了！你是怎么跟他熟络上的？”

“我在德累斯顿的时候，跟着一位老太太——是位伯爵夫人，她曾经是我父亲的老友。我父亲当时已经去世了，我自己感到非常孤单，弟弟当时跟着戏班满世界逛荡。”

“你的弟弟当时应该跟着你啊。”阿克顿说道，“让你免除亲王的试探。”

女男爵沉默片刻。“他做了力所能及的事。”她接着说道，

“他给我汇了钱，公爵夫人老太太不断给亲王打气。依我看，她甚至有些强迫别人的意味。”明斯特夫人又轻轻地说道，“在那种情形下——我表现得规规矩矩。”

阿克顿瞥了她一眼，又开话了（这也是他以前做过的事），大谈特谈女性挣脱了过去的苦难后，会比以前看上去更为美丽。“嗯。”他说话声音大得四周都可以听得清，“我希望在某个地方见见你和那位殿下！”

明斯特夫人弯了弯腰，从草丛中捡起了一束雏菊。“不要我在离婚声明上签字？”

“哎哟，这我不懂——这我不懂啊。”阿克顿说道。

“一方面我希望复仇，另外一方面我希望有自己的自由。”

阿克顿在帮着将明斯特夫人扶进马车时微微一笑。“无论如何——”他说道，“好好保住那张纸。”

几天后阿克顿邀请明斯特夫人来他家看看，这次访问已经计划好了，但是因为阿克顿母亲的病情推迟了几天。她长期重病缠身，最近几年都是以极大的忍耐熬过病痛，坐在卧室窗前的雕花扶手椅上度过漫漫长日的。稍后的一段时间，她一连数日无法见任何人，但是现在老人家的身体稍微硬朗起来，她向明斯特夫人发了一封非常客气的信。阿克顿希望他们的访客过来吃午饭，但是明斯特夫人只希望简单打一下招呼就可以了。她说如果自己要去参加午宴，温特沃斯先生和他的两位女儿也应该到场，在她看来体现这个场合的特色应该是她为东道主，请众人跟她*面对面*交流中才能体现出来的。为什么这个场合会能体现出其特色，她没有向任何人解释。就任何人所见，这就很让人觉得愉快，阿克顿为她而来，把女男爵请到了家，这件事他已经干了不止一两次了。

女男爵打心眼儿里说阿克顿的宅邸非常好，更准确地讲她说这栋别墅很令人着迷。房屋宽敞，呈方形，全屋涂上棕色。房屋建在茂密的灌木丛中，从大门到别墅有一小段车程。比起温特沃斯先生的宅院来，这是一栋更为现代的住所，所有的家具都装上了更为豪华的垫料，装修也更为高档昂贵。女男爵察觉到她的接待者已经充分分析过了材料的舒适度。阿克顿坐拥大量精致的*中国风*战利品，这些都是他从天朝上国驻留期间带过来的：黑檀木佛塔和象牙柜子；位于华丽人像屏风前面，在壁炉架上斜眼露出猥亵笑容的神鬼雕塑；瓷质餐具透过桃花心木饮食柜台的玻璃门闪闪发光；大型屏风陈列在各个角落，上面满是致密的丝绸，织着中国官员和中国龙的图案。这样的物品遍布整个房屋，以上陈设让尤金尼亚意识到自己这次是完全意义上的私人宅邸访问。她喜欢上了这里，沉醉其中，认为是非常好的地方，既有家的温馨，也有物质丰裕的自由感，简直就是一座博物馆。鲜有人接触的大型房屋新鲜洁净，仿佛精心保存的日记。

丽兹 · 阿克顿告诉女男爵自己每天亲手给所有的宝塔和其他古玩打扫尘埃，女男爵说丽兹绝对是个居家好淑女。丽兹看上去一点都不像是打扫房间的小姑娘：衣着如此靓丽，玉指如此纤细，很难想象她干脏活的样子。明斯特夫人一来阿克顿家，她就过来见面，但是丽兹一言不发，或者几乎没有说过任何话，女男爵又一次评论（她之前一有机会就这样说）美国女孩没有教养。她不喜欢这个美国小姑娘，女男爵脑海预设丽兹举止失当，不配作为阿克顿小姐。丽兹给她的印象太过强烈、张扬，近乎傲慢。丽兹娴于家务，身着巴黎式样的服装，如此不搭调让女男爵感觉小姑娘有种危险的力量。这点让女男爵很是恼火，因为按照她惯常的观点，在这个国家这样的小姑娘多多少少都是无足轻重之辈。尤金尼亚由此意识到这些小姑娘内心深处没有道德压力的束缚。她很快离开女男爵，不顾兄长的授意退出工作很可能就是丽兹的傲慢小性子使然。

阿克顿对他的*中国风*古玩藏品大谈特谈，他收藏了大量的瓷器和小古玩。女男爵在参观房屋的过程中去了很多地方。她到处都落座，显得略有倦态，对各种东西问来问去，既显得有心机，又有漫不经心的意味。如果有人在场，会说女男爵跟她的东道主如何陷入了热恋，但是她几乎无法下此论断，哪怕是用最保底的信心，她都不敢跟阿克顿本人当面坦白。无疑这让女男爵有种不寻常的感受，品味到其中的某些别样滋味，生性敏锐的她可以捕捉很多事情，发觉阿克顿品格完美得没有死角，即便是幽默讽刺都能够戳到点子上。人们对他的感觉是阿克顿的真诚就像捧着一束花，散发着沁人的芬芳，但又在很多时候会带来不便。全世界任何地方的任何人都可以在各种程度上信任他，然而他绝非众人想象的绝对单纯，实际上这个人的城府比表面上显现的深得多；他只是相对单纯，这点足够女男爵领受了。

丽兹再次现身，说她母亲现在乐意接见明斯特夫人。跟着丽兹的脚步，女男爵来到了阿克顿夫人的宅邸。尤金尼亚边走边感觉，并不是因为女孩的傲慢无礼才让女男爵不喜欢丽兹，因为在这点上她比起小女孩有过之而无不及。事实上女男爵比较的不是这个，关键是丽兹对其他事情都是一模一样摆出小孩子嘲讽般的笑容，这点才引起女男爵比较。

阿克顿夫人是位身形瘦弱、笑容灿烂的五十五岁女性，她背靠着一个枕头坐着，目光注视着一丛铁杉。她非常谦恭、怯弱，病得非常重。阿克顿夫人让女男爵感到非常庆幸，因为女男爵本人既不生病，可能也不谦恭。在阿克顿夫人身旁的椅子上放着一卷艾默生的文集。以她孤单无助的情况，遇到这么聪颖的外国女士，比她之前见到的任何女士（相对于她之前见到的成百上千名女士而言）都要有风度，这次会面对可怜的阿克顿夫人而言是个大事。

“我之前听过你很多很多事情。”她轻声对女男爵说。

“从您儿子那里听到的，是不是？他已经对我讲了您老很多事情了。哦，他说的跟您情况大体不差。”女男爵说道，“就像儿子必定谈论母亲那样的方式来跟我讲您老！”

阿克顿夫人坐着看着她，这就是明斯特夫人的“风度”。罗伯特·阿克顿也盯着看，因为在他清晰的记忆里很少对这位贵客提到自己的母亲。他从来没有提过这位毫无生气的母亲——母亲的存在感太过纤弱，都自己融化了，阿克顿本人只是在自己主动表达过感恩之情时才偶尔说上几句。况且阿克顿很少谈论自己的情感世界。

女男爵朝他笑了一笑，她立刻发觉自己被别人看出来是撒了小谎。女男爵传达了不实的信息，但是如果说了不讨人喜欢的小谎话，人们的反应会如何？如果别人发了火，女男爵也同样不会愉快的，在礼节性的问候和低声细语回答之后，她离开了阿克顿夫人。她请求罗伯特以后不要在她去拜访老人家的路上跟着她。她更希望自己单独一人坐着马车探访。这点要求非常专横，她认为阿克顿看上去面色难堪。但是女男爵和他站在门前的时候——马车在砂石小路上起步时——这片思绪归于宁静。

当她向阿克顿挥手致意时，她又看了阿克顿一会儿，“我几乎已经下定决心，寄走那张文件了。”她说道。

阿克顿知道女男爵所指的就是那张可以宣布婚约无效的证明文件，他二话不说，扶着女男爵进入车斩，但就在马车开步前的一刻，他说：“嗯，当你确实要寄走文件的时候，我希望你能告我一声！”

第七章

菲利克斯·扬画完了格特鲁德的肖像，他稍后给家族的其他人也画了肖像，一时间成为社交圈子里的核心人物。恐怕我必须承认他是个执意奉承人的画家，他把任何人都放到浪漫光环下，如果某人给画家一百美金，请个年轻人让肖像画主以娱乐方式“坐下来”，那么这种浪漫光环唾手可得。菲利克斯因为画作而获得大笔酬金，终于可以毫不掩饰自己对西方古玩世界的炽爱，同时还能改善自己的生活处境。他给舅舅画肖像，仿佛温特沃斯先生从来没有干预过菲利克斯的实验，老人家只在最终阶段温和地提出指导意见。有一点很好，那就是长者不提出其他额外要求，只给菲利克斯留下充足时间去画画。一个夏日的清晨，他手挽着温特沃斯先生（能少有人能够手挽着温特沃斯先生的手），领着老人家走过花园，一路走到苹果林中他搞即兴创作的工作室内。年迈的绅士越发感觉自己被聪明的外甥吸引住了，他的新鲜气息和青春活力似乎浓缩了如此丰富新奇的人生经验。在他看来菲利克斯肯定知道很多东西；温特沃斯先生每次谈话总是会提一些话题，但是自己的知识总是匮乏，他愿意对谈话中所涉及的知识做些功课。菲利克斯在判定别人的行为上面有着极其自信而敏锐的判断力，温特沃斯先生越发羡慕他这种大能力。似乎这让批评变得非常容易，形成意见和观点——对某人的行为品评一番——跟温特沃斯先生一道做这样的事，颇有些冒着黑灯瞎火的风险为锁找钥匙的意味。一方面，温特沃斯先生本人似乎在走出去探索大千世界的时候总是在腰带上绑着一堆无用的工具；另一方面，他的外甥腰间只有一把钥匙，却能像偷马贼一样熟练地打开任何一扇门。菲利克斯由是感激，遵循传统：舅舅要比外甥在任何情况下都英明得多，菲利克斯讲话快人快语、轻松诙谐、滔滔不绝，即便温特沃斯先生什么话都不说，只保持严肃的沉默倾听外甥这样讲话，也维护了传统。但是有一天他打破规矩，几乎开始征求外甥的意见和建议了。

“你有没有考虑过在美国定居？”一天早上菲利克斯还在挥毫泼墨的时候温特沃斯先生问道。

“我的好叔叔。”菲利克斯说道，“原谅我认为您的问题让我笑不出声。这么说吧，我从来没有动过念头，是念头走到我身边来的。但是我恐怕没有认真考虑过这个计划。我知道您会这样说；或者说我知道您的所思所想，因为我认为您不会这样说，在我这边这事就变得没有意义，也没有深思熟虑了。我就是这样想的，本人生来如此。首先，我把一切事情都看成是水到渠成的结果，不知何种缘故有些新的东西就在后头冒出来了。其次，我应该从来没有过定居的念头。我的好叔叔，我不能安家，我不是个安土重迁的人。我知道作为外邦人在异国他乡应该做什么。他们总是定居，但是我没这样做过，动过相应的念头——以上就是我对您问题的回答。”

“你执意要回到欧洲，回到居无定所，没有规律的生活？”温特沃斯先生问道。

“说我执意回欧洲，不能这样讲。但是很有可能我会回去。毕竟我是欧洲人。您懂的，我感觉这件事成不成很大程度上要看我姐姐。比起我来，她身上的欧洲范儿更足。您该明白，在这里她就是个比本人更出彩的肖像画。至于说‘回去’，我的好舅舅，我真的从来没有放弃过自己不规律的生活。就我个人而言，还有什么比这更不规律的吗？”

“比什么？”温特沃斯先生脸色有些惨白，问道。

“嗯，比任何事情都显得不规律啊！在您这里按照这种方式生活：这种家庭生活实在是魅力十足，安静又严谨。跟夏洛特和格特鲁德称兄道妹，叫上二十名淑女跟她们一同散步，晚上跟您一同坐在大走廊，听着蟋蟀歌唱，晚上十点上床睡觉。”

“你的描述非常生动。”温特沃斯先生说道，“但是我没有从你的描述中看出任何不妥啊。”

“我的好舅舅，我也没有发现什么不妥的地方，这极其惬意。倘若真的有什么不妥，我也不会喜欢上它。我打包票您不会喜欢不妥的事情，尽管我斗胆说一句您认为我好这口。”菲利克斯继续说，他把刚开的话题抹了过去。

“我从来没有指责过你这点。”

“求您别这样了。”菲利克斯说道，“您瞧瞧，因为从骨子里我是个可怕的非利士人。”

“你说你是非利士人？”温特沃斯先生回复道。

“我的意思就是跟别人可能用这个词的意思一样，就是一个敬畏上帝的普通人。”温特沃斯先生含蓄地看着他，就像在听一个神秘莫测的北欧世家故事，菲利克斯继续说道，“我相信自己应该可以享受天年，活到受人尊敬的高龄，意思就是寿命够长。我大概几乎不把这当成是计划，但这是我真诚的愿望——一个玫瑰般的美好愿景。我应该生龙活虎，活命到成为一个不务正业的老顽童！”

“这很自然。”他的舅舅简洁地说道，“人应该延长自己享受美好生活的寿命。大概我们每个人都不情愿地看到自己的欢乐走向终结。但是我猜想。”他加了一句，“你想结婚想疯了吧。”

“您说的也没错，我的好舅舅。这是我的希望、欲望和愿景。”菲利克斯说道。他立刻感到这可能是温特沃斯先生将自己其中一个宝贝闺女许配给他的前奏。但是一是为了维持正派的谦虚，二是意识到这个世界的艰难现实，菲利克斯克制住了这个念头。当然，他的舅舅是仁慈的化身，但是如果这样就接受了好意——我们这样讲更多的是推测——让一个年轻的淑女带着价值连城的嫁妆和一个一文不名、毫无前途的艺术家结合，还有很长的一段路要走。菲利克斯稍后意识到格特鲁德·温特沃斯所在社交圈的奢侈倾向——如果可能，这个圈子是排外的。但是此刻他把这位大小姐归于自己名下、不可由外人接触的巨大私产行列当中。她绝不是第一个被菲利克斯那种不实用的崇拜之情钓上钩的女性。菲利克斯跟一群公爵夫人和伯爵夫人产生情缘，有那么一次两次他做出了玩世不恭的危险举动，宣称女性对异性的矜持其实被严重高估了。总而言之，他的举动半是大胆半是谦恭，目前我们可以公正地说他现在无法依托自己与温特沃斯一家的密切关系向格特鲁德求婚了。按照菲利克斯从小长大的地方所属传统而言，这样做不啻于严重破坏好客原则。我已经说过他总是乐天派，可以从他当前快乐的源泉中推断出他对自己同格特鲁德的关系感觉非常良好。他自认为自己的谈吐举止洋溢着美德的芬芳——他崇拜这种形式的美，也以同样的热情崇拜其他形式的美。

“照我看，你要是结婚。”温特沃斯先生现在这样说，“将会享受更多的幸福。”

“*那还用说*！”菲利克斯说道，接着手握笔刷，他朝舅舅笑了一笑，“有些话我不知道该不该对您讲。我可以斗胆说几句吗？”

温特沃斯先生朝他稍微靠近了一点。“我是很安全的，不会重复唠叨的。”但是他希望菲利克斯不要冒险说太多的话。

听闻答复，菲利克斯大笑不止。

“听您跟我讲幸福之道有点老掉牙了。我不认为您对自己有多了解，我的好舅舅。现在您是不是觉得这句话听上去很刺耳？”

老人沉静片刻，接着说了一番话，虽然带着干巴巴的尊严，但是触动了外甥：“有时，我们都会指向自己不愿意走的路。”

“啊，您不是跟我说过您有很多伤心事吗。”菲利克斯回复道，“我并不是这样想的，我指的不是这些东西。我仅仅是想说您根本就没有让自己幸福起来。”

“让我自己快乐幸福起来？我们可不是小孩子啊。”

“断乎不是！您已经有了一定岁数了。改天我会跟格特鲁德提这件事。”菲利克斯补充道，“我希望这不会有任何轻举妄为的成分。”

“如果真的有。”温特沃斯先生以超出菲利克斯想象范围的讽刺语调说道，“只是你在用自己的方式给自己讨乐子。我怕的就是你这辈子没有惹过麻烦。”

“哦，没错，我捅过马蜂窝！”菲利克斯说道，他接着又鼓起精神说，“在我进一步了解情况之前。但您也别用这种方式再跟我提这件事。”

温特沃斯先生沉默了一会儿，这比意味深长的叹息所蕴含的意义更为丰富。“你没有养过孩子。”他最后说道。

“难道您不是跟我讲。”菲利克斯说道，“您老膝下几个魅力非凡的子女对您而言是痛苦之源！”

“我不谈论夏洛特。”停顿一会儿后，温特沃斯先生接着说道，“我不评论格特鲁德。但是对克利福德操碎了心，回头换个时间我跟你单独谈谈他。”

第二次谈话他让菲利克斯坐了下来，外甥提醒舅舅说舅舅给了他信心。“克利福德今日如何？”菲利克斯问道，“在我看来他似乎总是个极其谨慎的人，确实他就是拘谨过头了。似乎他一直在提防着我——好像他认为我会怎样。有一天他告诉妹妹格特鲁德——格特鲁德又把这件事转告给我——说我总是在嘲笑他。如果说我笑话他，那仅仅是为了激励他去尝试，给他信心。这也是我的唯一目的。”

“克利福德的处境绝非笑料。”温特沃斯先生说道，“他的情况很特殊，我想你能猜得到。”

“啊，您指的是他和表亲的恋爱？”

温特沃斯先生瞪了一眼，脸稍微涨红了。“我指的是他从大学逃课，他已经停学了。我们已经决定，除非被人问到，一般不会提及这事。”

“停学了？”菲利克斯重复道。

“他因为逃课，被哈佛校方停学六个月。同时他也在布兰德先生门下学习。我们认为布兰德先生会帮助他，至少我们希望如此。”

“他在哈佛到底发生了什么事？”菲利克斯问道，“他是不是太喜欢享乐了？布兰德先生当然不会教导他任何这方面的秘密！”

“他对本来不应该接触的东西太过着迷了。我认为这应该被看成是享乐。”

菲利克斯又一次轻轻一笑：“我的好舅舅，难道您对什么是享乐还搞不明白吗？*这是他的年纪*。我们在法国就是这样形容人的。”

“要我说的话这是人生后半段的悔恨——在垂垂老矣的年龄里品尝失望。”

菲利克斯眉毛上扬，朝舅舅瞥了一眼，“您说的是什么呢？”他接着笑着问道。

“我谈的就是找到克利福德时他的处境。”

“啊，找到他的时候——他被逮起来了？”

“必须的，他被抓起来了，他走不动了，双腿踉跄。”

“哦！”菲利克斯说道，“他酗酒了！我认为他有醉酒嫌疑，从第一天来这里观察到的痕迹我就这样推断了。您说酒是劣等饮料，这个观点我很赞同。对绅士而言，这比缺点还恶劣。他应该弃绝恶习。”

“我们特别希望布兰德先生能对他循循善诱。”温特沃斯先生接着说，“他一开始就和克利福德谈话，但是布兰德先生自己没能说服克利福德。”

“我会过去谈话——我会过去谈话的！”菲利克斯兴高采烈地说。

“你会对他说什么呢？”舅舅略带不安地问道。

菲利克斯沉默了一段时间，没答上话。“您的意思是说让他和表妹成亲？”他最后问道。

“嫁给他？”温特沃斯先生附和道，“我不认为他的表妹愿意嫁给他。”

“您没理解我的话，要不，咱们找阿克顿夫人谈谈这事？”

温特沃斯先生干瞪眼，脑子几乎一片空白：“我从来没有跟她讨论过这门子事。”

“我认为该是时候了。”菲利克斯说道，“丽兹·阿克顿出落得如此秀丽，让人生畏，而如果克利福德危险的话……”

“他们没有订婚。”温特沃斯先生说道，“我没有理由认定他们已经订婚了。”

“*举个例子*！”菲利克斯说道，“私底下里偷偷订婚？相信我，正如您所言，克利福德是个魅力十足的小伙。他做不出那种事。丽兹·阿克顿那个时候也不会被其他女性嫉妒的。”

“我当然希望不要这样。”老人说道，透露出的语气比喝烈性酒的爱好还要热切。

“对克利福德而言，最好的方式是，”菲利克斯说道，“让他对一位有魅力的聪慧女性产生兴趣。”他停下画笔，接着胳膊放在膝盖上，眼里透着明确的信号，看着舅舅。“您看，我非常相信女人的影响。跟女人生活在一起可以让男人成为绅士。克利福德有这样魅力十足的姐妹，这点不假。但是在兄妹之情外，还应该有其他情感起到其他作用，这您应该懂的。他有丽兹 · 阿克顿，但她大概是情窦未开。”

“我认为丽兹已经跟他谈过话了，规劝过他。”温特沃斯先生说道。

“因为醉酒而导致的行为失当——为了抱得美人归而克制自己的喝酒欲望？这对一位漂亮的小姑娘而言是个乏味的事情。不！”菲利克斯继续说道，“克利福德应该和优雅女性多多约会，女方不提及那些难堪的话题，他就会觉得再去狂醉说不过去，如果他能稍微对女方有那么一点意思，那就更好了。这件事可以当成药方来使。”

“嗯，现在，你说该找哪位女士？”温特沃斯先生问道。

“您这里就有一位睿智女士——我的姐姐啊。”

“你的姐姐——在我这里？”温特沃斯先生重复道。

“向克利福德传个话。告诉他要壮壮胆子。他已经准备就绪了。克利福德曾经两三次邀请她坐着马车过来看看。但是我不认为克利福德能过来看她。给他信号让他过来——经常去那里。他会到那里坐上一下午，两人会谈上话来。这对他会好的。”

温特沃斯先生想了一下说："你认为你姐姐会施加正面影响？"

"她会起到教化影响的——我管这个叫清醒。一位魅力非凡、聪慧过人、机智傍身的女性总是能做到这点的——尤其是如果她能够稍微卖弄点风情，那就更好了。我的好舅舅，我受到的教育一半来自这样女性圈子内的教导。如果您说克利福德从哈佛停学了，那么让尤金尼亚充当他的导师。"

温特沃斯先生继续思考人生。"你认为尤金尼亚是位风情万种的女性？"他问道。

"那什么又不是漂亮的女性呢？"菲利克斯反过来问道。但是这次对克利福德先生而言，他最好不要给出答案，因为他不认为自己的外甥女漂亮。"带着克利福德。"年轻人停了一下，"尤金尼亚足够卖弄风情，充当讽刺性角色。这就是克利福德需要的那位。所以您推荐克利福德跟她在一起。你懂的，这个提议最好由您本人说出口。"

"让我想一下。"老人问道，"就是说让我试着劝说儿子以爱为业，努力喜欢上明斯特夫人？"

"是的，以爱为业！"菲利克斯很有同情心地总结道。

"但是，据我所知，明斯特夫人是个已婚女士。"

"啊。"菲利克斯笑着说道，"当然明斯特夫人不能跟他结合。但是女方会尽其所能。"

温特沃斯先生坐了一会儿，双眼看着地板，最后起身。"我不认为。”他说道，“我可以推荐儿子修习任何这类课程。”菲利克斯惊奇地看着他，但是温特沃斯先生不再看年轻人，径直离开了座位。一连两周双方都没有继续交谈下去。

菲利克斯非常钟情于温特沃斯土地上方圆数英亩的小湖，湖的远处有一片茂密的松树林，它们种在陡峭的路堤上，迎着夏日的微风。从远处树顶吹拂来的细语出奇的清晰，几乎可以听到每一处风的动静。一天下午年轻人走出画室，走过尤金尼亚小客厅敞开的大门。在寒冷模糊的屋内，他见到了一身白衣的姐姐，她躺在扶手椅上，用一束鲜花掩面。与他相对而坐的是克利福德·温特沃斯，他在转动着帽子。很明显他刚刚向女男爵献上了花束。透过硕大的玫瑰和天竺葵，女男爵看着克利福德，明眸里写着愿意与人对话的笑意。

站在小屋门口的菲利克斯不知道该不该退回走廊，犹豫了很长一段时间。接着他走开了，来到温特沃斯先生的花园。菲利克斯之前对克利福德倡导的教化过程不请自来了。至少菲利克斯确信温特沃斯先生没有采取他的巧计来刺激年轻人的美学意识。“他无疑这样设想。”在刚才那段谈话结束之后，菲利克斯暗自思忖，“我渴望出于兄弟友爱之情，尤金尼亚会卖弄调情之乐——或者按照他自己的说法，管这个叫密谋——这样对易受感染的克利福德调教一番。有一点我必须承认，这也是我之前意识到的，面对非常顽固不化的人，所作所为不要突破他们设想的底线。”菲利克斯这边自然没有对克利福德说任何事情，但是他从尤金尼亚那里看出温特沃斯先生对自己儿子的低劣品位已经死心。”“我们应该做些事情帮帮他们，毕竟他们是我们的骨肉血亲。”他补充道，“劝劝克利福德，让他过来跟你见见面，通过谈话来提升他的品位。他的问题极其严重，根子就出在孩子气的幼稚，没把自己在世界上的位置摆正——他是出身古老世家的富裕年轻人。咱们可以用这方式改掉他的其他毛病。让他变得稍微正经起来，即便是向你求爱，也不是多大的事儿。”

“我自己就用来作为最高形式的陶醉物——替代白兰地，是不是？”女男爵问道，“确实，在这个国家我派上了特殊用场。”

但是面对克利福德这个高等教育任务，女男爵并没有极力抗拒。菲利克斯本人没有再想起这件事，他被更多有利于个人利益的事情转移了注意力，现在菲利克斯发现救赎工作有条不紊地开展了。教化理想似乎最为丰满，但是操作现实让他觉得异常骨感。“如果尤金尼亚——如果尤金尼亚”——他轻轻地问自己。随着他意识到尤金尼亚的能力无可限量，疑虑也就打消了。但是在菲利克斯来得及考虑或拒绝这种监督以前，甚至整个念头还模模糊糊的时候，他就看到罗伯特·阿克顿出现在温特沃斯先生家周围的一扇大门旁，正朝着果园的小屋走来，很明显阿克顿沿着自家的背阴小路走到这里，特意来拜访明斯特夫人。菲利克斯看了他一会儿，就走开了。如果留下来，阿克顿可以扮演上帝的角色，干预（如果时机必要的话）克利福德对尤金尼亚的纠缠。

菲利克斯走过花园，来到后门，后门附近就是一条通往乡间田地的小径，田地旁有处临湖小树林。他停下脚步，看了一眼房屋，眼睛特意盯着背阴处某扇敞开的窗户。这时格特鲁德出现了，探出窗户在夏日的阳光里看着菲利克斯。菲利克斯脱帽，向她致意道别。菲利克斯说自己将要在附近的池塘划船，如果格特鲁德接受了他的请求一同前行，他会感到万分荣幸。格特鲁德朝着菲利克斯看了一会儿，一言不发转身离开了。但是不多久，在一群古色古香、做工精巧的麦秆帽当中，她又现身了，格特鲁德的帽子上绑着那个年代时兴的缎带蝴蝶结。她还带着一把绿色的太阳伞。格特鲁德跟着菲利克斯来到了湖畔，那里停靠着大量抛锚的船只。两人登上其中一艘，菲利克斯轻轻划船，划到了湖对面。当天的天气是夏季最为天朗气清、惠风和畅的那种。小湖染上了太阳的颜色，此地唯有桨声处处，这也是两人听到的唯一声音。他们上了岸，经过一条蜿蜒曲折的小径，走到了一座满是松树的土堆顶部，向下可以饱览水景，江河湖泊点缀着森林。此地凉爽中透着惬意，在轻声飘拂的松树枝声里，你似乎既能感觉到又能听到那种凉意。菲利克斯和格特鲁德坐在褪了色的松针地毯上，谈了很多事。菲利克斯在谈话最终说自己要离开了，这也是他第一次暗示这件事。

“你要走了？”格特鲁德看着菲利克斯，说道。

“某天——就是树叶飘零的日子。你要清楚我是不会永远待在这里的。”

格特鲁德的眼睛移向了别处，停了一会儿，她说："我再也不会见到你了。"

"为什么不会再见面呢？"菲利克斯问道，"在我行程的最后，咱们两个人都可以一起出发的。"

但是格特鲁德只是重复道："我再也不会见到你了，我再也不会听到你的消息了。"她接着说："我将再也不会知道你的新动向了。之前不认识你，之后也不会了。"

"很不幸的是，我当时不认识你。"菲利克斯说道，"但是我以后会给你写信的。"

"别给我写信。我不会回复你的。"格特鲁德说道。

"当然我会烧掉你的信的。"菲利克斯说道。格特鲁德又一次看了看他，"烧掉我的信？你有时尽说些不着调的话。"

"这些信件本身不奇怪。"年轻人回答道，"只是在你眼中显得奇怪。你将来会来欧洲的。"

"我跟着谁来啊？"她简简单单地问了一句，她非常执着。菲利克斯对她的执着很感兴趣，有的时候他为此犹豫。"你不能这样告诉我。"她停了一下，"你不能说我将会跟着我父亲和姐姐去欧洲，你不会相信那句话的。"

"我会把你的信件存起来的。"菲利克斯说了这番话，作为上述所有问题的答案。

"我从不写信，也不知道如何写信。"说罢，格特鲁德有一段时间再也没有其他话了。而她的同伴看着格特鲁德的时候，一想起老绅士曾经那么热情款待过自己，就希望自己向长者女儿的求爱之举不要被视为“不忠不义”的行为。

下午消逝了，影子变长，西边的天空光照加深了。两个人从房子走出来，越过草场，来到了湖对面。“那是夏洛特和布兰德先生。”格特鲁德说道，“他们正走过来。”但是夏洛特和布兰德先生只是来到湖畔，站在那里朝四周望望，他们两人无意登上菲利克斯停在抛锚地点的船。菲利克斯向他们两人挥手致意，但是距离太远，打不了招呼。夏洛特和布兰德先生没有做出回复动作，这两人接着沿湖岸走开了。

“布兰德先生感情不是那么外露。”菲利克斯说道，“他从来没有在我面前展示自己的真实感情。坐座位的时候，他很安静，下巴也不抬，手一动也不动，就这样一声不吭地看着我。有时他看其他东西。令尊告诉我他能言善辩，我想听听他讲话的样子。他看上去是个如此高贵的年轻人，但是我和他在一起的时候他从来不说话，至今如此。我是多么希望能听一听想象中他发表讲话时用出彩比喻的样子。”

“他是很能说。”格特鲁德说道，“但是他并没有出彩的比喻。我听他讲过很多次。我知道的是，他和夏洛特看到我们后，不会过来的。”

“啊，正如他们所言，那他是将自己的*忠心*献给你的姐姐了？他们决定在一起单过了？”

“不。”格特鲁德一本正经地说道，“他们没有一起单独过的理由。”

“但为什么他不向夏洛特献上自己的*忠心*呢？”菲利克斯问道，“她长得那么漂亮，人那么温柔、那么善良。”

格特鲁德看了他一眼，接着往远处又看了一下——看到远处的情侣正在谈话。布兰德先生和夏洛特并排前行。他们好似一对恋人，然而也可能不是。“他们认为我不应该在这里。”格特鲁德说道。

“和我在一起？我认为你没有这些想法。”

“你不了解了吧。这里有很多事情你不懂。”

“我知道自己很蠢。但是既然当姐姐的夏洛特和当教士的布兰德先生走在一起是他们的自由，那么为什么还过来对我劝导，让我斩断情缘，与你的引诱话语一刀两断？”

“这是他们所能做的最后一件事了。”格特鲁德说道。

菲利克斯眉毛外扬，朝她瞪了一眼。“*我一点都没听明白*！”他说道，接着他的眼睛紧盯那对后退中的情侣很长一段时间。“你爱怎么说就怎么说。”他说道，“你的姐姐并不对她聪明的伴侣漠不关心，这点我看得清清楚楚。你姐姐陪着布兰德先生在那里散步挺好的。在这里我可以看到情况。”菲利克斯看得正起劲，不由得抬起了脚。

格特鲁德也跟着上来，但是她无意对伴侣的发现有样学样。她愿意朝另外一个方向观察。菲利克斯的话狠狠地刺激了她，但是从中也能品味出一丝丝微妙的意思。“夏洛特当然不会对布兰德先生无动于衷，她对布兰德先生有着最高评价。”

“是个人都能看出来——是个人都能看出来。”菲利克斯头摆在另外一个方向，用一种心满意足的口吻说道。格特鲁德转过身看湖对面，她观察起来不方便，但是格特鲁德希望菲利克斯对此能多说几句。“啊，他们已经走掉了，去森林了。”菲利克斯补充道。

格特鲁德再次转身。“夏洛特压根就不爱布兰德先生。”她说道，似乎把这个事情说出来是格特鲁德的责任。

“那么布兰德先生爱着夏洛特，或者如果他不喜欢夏洛特，他也应该这样做。夏洛特是如此完美的小女人。她让我想起了一对老式的银制糖钳子——你要知道我非常喜欢糖。她对布兰德先生很好，我觉得她很和善，很有慈悲。”

格特鲁德想了一会儿，然后下定决心。“夏洛特希望布兰德先生娶我。”她说道，“当然对布兰德也好了。”

菲利克斯的眉毛抬得更高了。“要娶你！啊，啊，这很有意思。你认为一个女孩要对男人好，才能让他跳进这个坑？”

格特鲁德的脸略微发白，但是她继续说：“布兰德先生自己愿意去做这件事。”

菲利克斯双臂交叉，看着格特鲁德。“我明白了——我明白了。”他快速说道，“为什么你从来不事先跟我讲清楚呢？”

“就是现在说出来，在我看来仍然不舒服。我仅仅想跟你解释夏洛特的事情。”

“你不想嫁给布兰德先生，是吗？”

“是的，我不想嫁给他。”格特鲁德郑重其事地说道。

“你父亲愿意吗？”

“他很想把我嫁给他。”

“你不喜欢布兰德先生——拒绝过他？”

“我不愿意嫁给他。”

“你的父亲和姐姐认为你该嫁给他，是不是？”

“这说来话长了。”格特鲁德说道，“他们认为这样做有很多充分理由，我不能解释。他们认为我有义务这样做，我曾经鼓励过他。”

菲利克斯朝她一笑，好像格特鲁德在跟他讲述别人的糗事。“这些事怎么让我觉得好笑，我讲不清。”他说道，“现在你是分不清原因——还有这些责任？”

“我不敢确定，这不容易。”格特鲁德拿起太阳伞转过身，看上去是要下山的样子。

“告诉我。”菲利克斯跟在她身后，接着追问，“你是不是就此放手——还是让家人回心转意？”

格特鲁德还是以一如既往深沉严肃的样子看着菲利克斯，但是她脸上快挂出迫不及待的笑容了。“我永远不会嫁给布兰德先生。”她说道。

“我看出来了！”菲利克斯回复道。他们两人一同缓缓下山，直到走到池塘边才说话。“这是你自己的私事。”他接着说道，“但是你知道我一点都不开心吗？假如你嫁给布兰德先生，我应该从这婚事当中感受些许安慰，我能感到更自在，我自己没有权利向你求婚，是不是？”他停了下来，轻轻地将自己的观点传达给了格特鲁德。

“完全没有。”格特鲁德立即回复——速度十分快。

“你的父亲根本不会听到的。我一分钱也没有。当然，布兰德先生有自己的产业，是不是？”

“我相信他有一些财产，但跟这件事情无关。”

“当然跟你无关了，但是跟你父亲和姐姐有关系。所以依我看，如果婚事能办成，我会感到更自由自在的。”

“更自由自在？”格特鲁德重复道，“请松开船吧。”

菲利克斯解开船上的绳子，站着拿着它。“现在我要对你说的话是我现在无法释怀的。”他接着说，“我可以告诉你我是多么喜欢你，我没必要掩饰，也没有权利掩饰。我对你的爱是赤裸裸的。”他接着笑着补充道：“如果我想到你是处在其他位置的话，也就不会那样冒犯你了，”

“你说如果我跟其他男人订婚？这理由也太奇怪了！”格特鲁德叫道。

“在那种情况下你就不会把我太当回事了。”

“我对每个人都当回事。”格特鲁德说道。她没借助菲利克斯的帮助，就轻轻地踏上了船。

菲利克斯拿起了船桨，一直划着。“啊，这就是你说的全部内容？我认为似乎你脑子里还想着某些东西，我特别希望能多了解一些。”他补充道：“你应该跟我讲讲所谓的理由——所谓的责任与义务。”

“没有什么真正的理由——过硬的理由。”格特鲁德看着粉色与黄色交融的湖水波光说道。

“我能理解那点！因为漂亮的姑娘都会有卖弄风情的念头，没有理由。”

“如果你是说我的话，就不是那样子了。我没有做过那样的事情。”

“不管怎么样，有些事在搅扰着你。”菲利克斯说道。

“不像过去那么多了。”格特鲁德回答道。

菲利克斯一直笑着看着格特鲁德。“你说得不多，是不是？”但是格特鲁德只是目光紧盯浅浅的水面。她刚才对菲利克斯讲述了那些麻烦，现在对菲利克斯而言，她在尽力掩饰这些痕迹。就像家庭主妇除掉灰尘那样，菲利克斯时时刻刻都感到自己有股冲动，想把哀景从眼中刷除。现在他希望能够刷除某些东西。菲利克斯立刻停止划船，放下船桨。“为什么布兰德先生对你有意思，而不追你的姐姐？”他问道，“我确定你姐姐会听布兰德先生的话。”

家里人都认为格特鲁德是个非常轻率的姑娘，但是她的轻率从来没有像现在这样严重。然而让她大大感动的是，她听到菲利克斯说自己对某些事情成竹在胸，因此眼光抛向菲利克斯，有时她竭力想象自己的姐姐与追求者产生浪漫情缘的精彩画面。我们知道格特鲁德的想象力很丰富，所以她想象的计划能够取得一部分成功，不是不可能。但是她只是喃喃自语：“啊，菲利克斯！啊，菲利克斯！”

“他们为什么不能结婚呢？快去撮合他们啊！”菲利克斯叫道。

“试着撮合他们？”

“反客为主，他们就会把你扔在一边。我会尽我所能帮你。”

格特鲁德的心开始跳动起来，她感到万分兴奋，平生从来没有其他东西像现在这样让她沉醉其中。菲利克斯再次划船，他现在划了很长一段时间，划回了家。“我相信我姐姐会对他有意思！”上岸后格特鲁德说道。

“她当然会这样做了，我们会成就他们的姻缘。这会让两人都快乐，会让每个人都快乐。我们将举办婚礼，我来写婚礼喜歌。”

“似乎这也让我快乐啊。”格特鲁德说道。

“你说的是摆脱布兰德先生，是吧？恢复自由身？”

格特鲁德继续往前走。“看着我姐姐嫁给如此好的郎君。”

菲利克斯微微一笑。“你总是把事情放在这种范围来考虑，你从不说为自己着想。你这也太可怕了，太自私了。我不知道你是怎么想的。”他接着说道，“看我的！我会让自己快乐的，就是把我刚才告诉你的事情翻转过来就是了。这件事过后，我向你求婚，你会想想我说的话的。”

“我不认为你会有什么特别的意思。”格特鲁德说道，“你太疯狂了。”

“啊！”菲利克斯叫道，“畅所欲言！格特鲁德，我佩服死你了！”

第八章

格特鲁德和菲利克斯回家的时候，夏洛特和布兰德先生还没到，但是女男爵已经过来吃茶点了，罗伯特·阿克顿也出席了，阿克顿不是经常在这种慷慨的盛宴中频频找位置，就是在夜里常常出来混个脸熟。说话带着青年咆哮气息的克利福德·温特沃斯也在茶会上评头论足。

“现在你经常去茶会啊。”他说道，“我原以为你在中国已经喝够茶了。”

“从什么时候起阿克顿就经常来茶会了？”女男爵问道。

“自从你来了以后。”克利福德说道，“似乎你就成了焦点。”

“我想可能是我是个奇人吧。”女男爵说道，“给我时间，我会还给你们沙龙。”

“你要是离开的话，这个会就办不成了！”阿克顿说道。

“别用老调子谈论她离开的事。”克利福德说道，“这会让我郁闷啊。”

温特沃斯先生看了看他的儿子，留心他说的话，怀疑这些话是不是菲利克斯教给克利福德的，他从蛛丝马迹中猜测，阿克顿是在向德国亲王的太太求爱。

夏洛特晚些时候和布兰德先生一同来到茶会，但是格特鲁德经过菲利克斯一番指点后，至少从她脸上看不出激动过后的痕迹。布兰德先生紧挨着格特鲁德坐了下来。格特鲁德问布兰德先生为什么没有和夏洛特一道同她本人以及菲利克斯一同划船。

“你问我这个问题，对你而言很重要。”布兰德先生轻轻地回答道。他身前摆着一大块蛋糕，但是他只是手指碰了碰，没有吃。“有时我认为你变得越来越正经了。”他补充道。

格特鲁德一言不发，她害怕说话，内心有一种愤怒，仿佛觉得自己可以说服自己，认定自己受人迫害。格特鲁德劝说自己：她不应该被布兰德先生吓到，认为自己以前的选择是错误的，这样做才是正确的。格特鲁德同时也在考虑菲利克斯对她说的话，她确实希望布兰德先生娶夏洛特。格特鲁德不再看布兰德先生，也不再发言。最后布兰德先生吃了蛋糕，与此同时菲利克斯坐在布兰德先生正对面，他在向温特沃斯先生讲述海德堡大学的学生决斗。

茶会过后，众人如往常一样各自自由活动。走到柱廊和花园时，布兰德先生再次靠近格特鲁德。

“今天下午我没来找你，是因为你不孤单。”他开始说话了，“因为你和一位新朋友在一起。”

“你说的是菲利克斯？那个时候已经是老朋友了。”

布兰德先生看了看地面。“我以为自己已经做好准备，听你那样讲。”他又说道，“但是我发现自己太痛苦了。”

“我不知道自己还能说点什么。”格特鲁德说道。

布兰德先生陪着她在沉默中走了一段路，格特鲁德希望他能走开。“菲利克斯当然非常适合待在一起。但是我认为应该给你几句建议。”

“对我提些建议？”

“我认为自己摸透了你的本性。”

“我认为你还没看明白我呢。”格特鲁德微微一笑，说道。

“为了取悦菲利克斯，你把自己变得比原来更糟。”布兰德先生轻轻地说。

“变得更糟——就是为了取悦他？这话从何说起？”格特鲁德停下脚步，问道。

布兰德先生也停下了脚步，以同样轻柔但直率的语气说：“你在乎的事情他不在乎——论到生命中的重大问题。”

眼睛看着布兰德先生的格特鲁德摇了摇头：“我并不在乎生命中的重大问题，它们离我太远了。”

“有段时间你并不这样讲。”布兰德先生说。

“哦！”格特鲁德回答道，“我认为你让我讨论了一大堆不着边际的事情。这取决于——”她补充道，“取决于你将什么定义为生命中的重大问题。我在乎很多事情。”

“你在乎的事情是不是你和表哥谈论的那些事？”

“布兰德先生，你不应该说那些不利于我表哥事情的话语。”格特鲁德说道，“这说出去很丢人的。”

他静静地认真听这段话，接着声音稍微变了调：“做任何丢人现眼的事情，我应该感到抱歉。但是说你表哥孩子气，这没什么丢人现眼的。”

“那你自己过去亲口跟他说！”

“我认为他会承认这点的。”布兰德先生说道，“他会接受我的论调，会为此感到羞耻的。”

“那我已经对此感到羞愧了！”格特鲁德郑重其事地强调道，“这也大概是我喜欢的原因。我自己就很孩子气。”

“正如我刚才所说的，你现在正在试着屈尊自己。”

“我在试着回归本来的自己！”格特鲁德大声喊道，“我这一辈子都在假装自己，变得不真诚，这一切都是你带着我学坏的！”布兰德先生站着不动，盯着她，格特鲁德继续说道：“如果我想要，为什么不应该变得孩子气。人有权变得孩子气，这是每个人的天性。不，我一点也不在乎重大问题。我只在乎快乐——享受。可能我喜欢放荡不羁的事情，这是可能的！”

布兰德先生一直看着格特鲁德。他的脸色甚至有点惨白，仿佛被吓到了一般。“我不认为你真正懂你说的是什么！”布兰德先生重申道。

“大概我不懂，大概我在讨论无意义的事情，但是也只有跟你在一起的时候我才说废话，在表哥那里从来不会这样。”

“当你不那么激动的时候，我会再次跟你说的。”布兰德先生说道。

“你跟我开口，我就激动。我必须告诉你一点——甚至在未来都完全不想和你在一起。你说的话就是能惹火我。跟表哥在一起情况完全不同，我们谈话总是那么安静自然。”

布兰德先生看着格特鲁德，接着他目光转到他处，带着无助的彷徨，望着漆黑一片的花园和夏夜里光芒微弱的星星。之后，他突然转身，轻轻地哀叹道：“格特鲁德，格特鲁德！难道我在失去你吗？”

格特鲁德受到了触动——她感到痛苦了，但是她突然明白自己可以做其他事，取得比说话更好的效果。这时她的同伴才明白，她在用她的聪慧表示她的同情，但这并不能减轻她的痛苦。“我不会对你说抱歉。”格特鲁德说，“因为你们给予我那么多关注只是在追随一个影子——你们浪费了太多宝贵的东西，还有一些东西你们可能没注意到——一些比我更好的东西。这就是事实！”然后，她有意注视着他，试图笑一笑。布兰德先生觉得她的笑很奇怪，但是她转身离开了。

格特鲁德独自在花园漫步，她说话的时候只顾自己一人痛快，现在寻思着布兰德先生会对她的话作何反应。稍后，当她走到房屋的前端，远远看到两个人站在花园大门处：一位是布兰德先生，另一位是夏洛特。布兰德先生正要离开，向夏洛特道别，而夏洛特陪着布兰德先生从房子里走了出来。格特鲁德看到临别过程被延长了。接着她转过身去，然而她并没有走远，她听到姐姐在后面慢慢地跟着她。格特鲁德既不转身，也不等人，格特鲁德知道夏洛特将要对她说的话。事实上夏洛特最终赶了上来，她伸出手臂拉住格特鲁德。

“好妹妹，如果我说一些非常具体的事情，你还会听我的话吗？”

“我知道你会给我讲什么。”格特鲁德说道，“布兰德先生感觉糟糕透了。”

“哎呀，格特鲁德，你怎能这样对待他呢？”夏洛特谴责道。因为妹妹没做出回答，她又加了一句：“毕竟他这样做是为你好！”

“他对我做了什么？”

“格特鲁德，我怀疑你是否能答得上来。他已经帮助过你了。你自己亲口对我说过很多次，你告诉过我布兰德先生曾经帮你克制过很多很多坏习惯。你还告诉过我他教导你如何管理自己的脾气。”

有一会儿格特鲁德说不上话来。“我的脾气非常糟糕吗？”

接着她问道。

“格特鲁德，我不是有意在诋毁你。”夏洛特说道。

“那你在干什么呢？”她的妹妹笑了一下，问道。

“我在恳求布兰德先生——提醒你亏欠他的全部人情。”

“我把这些都已经偿还干净了。”格特鲁德仍然略带笑容说道，“他可以收回强加在我身上的美德！我想再次变得放荡不羁起来。”

夏洛特让格特鲁德停下脚步，在暗夜里姐姐向妹妹投去甜美而责备的目光。“如果你这样说的话，我几乎全信了。想想我们两个人亏欠布兰德先生的人情，想想他当初对你投入了多么大的期望，想想他当初怎么对待你的，想想他是怎么对克利福德循循善诱的。”

“他是个非常好的人。”格特鲁德看着姐姐说，“我知道他非常好。但是他不该说话冲着菲利克斯来。”

“菲利克斯是个好人。”夏洛特声音轻柔，但是回答迅速，“菲利克斯非常出众，他唯一的问题是太与众不同了。布兰德先生跟我们更为贴近。我从来不认为跟菲利克斯在一起会是麻烦——或是个问题。格特鲁德，布兰德先生是离我们更近的选择。”

“布兰德先生是个非常好——非常好的人。”格特鲁德重复道，“他对你的意义更大，是的，他对你的意义大得多啊，夏洛特。”格特鲁德突然补充一句，“你现在喜欢上他了！”

“哦，格特鲁德！”可怜的夏洛特叫道，一片漆黑的夜里妹妹看到姐姐的脸涨得通红。

格特鲁德把手放在姐姐身上。“我希望他能娶你！”妹妹接着说道。

夏洛特摇了摇身子，摆脱了妹妹。“你千万别说这样的话！”她扯着嗓子喊道。

“你喜欢布兰德先生远比嘴上说的多，布兰德先生喜欢你远比他知道得多。”

“这对你而言很残酷！”夏洛特·温特沃斯喃喃道。

但纵使现实残酷，格特鲁德依然面无表情。“假使是真的，不。”她回答道，“我就是希望他能娶你。”

“拜托，不要说这个。”

“我的意思就是要这样告诉他！”格特鲁德说道。

“哎呀，格特鲁德，格特鲁德！”她的姐姐近乎哀叹道。

“是的，如果他再次在我面前提到我。我会说：‘你为什么不娶夏洛特？她比我好上千倍万倍！’”

“你太放肆了，你已经变了！”姐姐叫道。

“如果你不想看到这种情况，你可以阻止它发生。”格特鲁德说道，“你可以不让布兰德先生跟我讲话，防止这件事发生！”妹妹对自己的所作所为非常清醒，说罢就走开了。她评估了事情的意义，从中寻找到某种快乐和自由的感觉。

克利福德开始向出色的表姐献上无以复加的恭维，面对这一事实，温特沃斯先生显然对此评估过高了。因为这位年轻人对自家人的顾虑远远多过信任。年轻人脸上有着某种显而易见的羞涩，这本身就说明他对放纵生活怯场。克利福德在上学期间犯的小错已经让家里人对他议论纷纷，这对年轻人的影响好比一名入室窃贼不断发出嗡嗡作响的脚步声。对于梁上君子，大事化小、小事化了的唯一方法就是把鞋扔掉。而对克利福德本人而言，想要达成融洽人际关系，让人跟他谈话时说一些正面教化内容时，他感到轻松自在能接受，其方法就是弃绝一切邪淫恶劣的野心和抱负。

事实上克利福德的抱负是最值得众人赞赏的。他给自己未来的人物设定就是成为整个波士顿市远近闻名、广受爱戴的温特沃斯先生，按照常人眼里自己走向人生巅峰的自然轨道，迎娶美丽富有的表妹丽兹·阿克顿，住在有着宽阔前院的豪宅，在秋天潮湿的路上，乘着一辆由一对绝配的栗色马牵引的轻便马车呼啸而过。克利福德对未来的期望十分简单，最明显的特征为以下两点：熟悉得不能再熟悉的婚姻生活，还有让自己的财产翻一番，好积累更多资源飞黄腾达。他还没有向表妹求婚，但是他想大学一毕业就着手去做。

丽兹对克利福德的计划很淡定，她认为克利福德会改过自新的。她的兄长很喜欢活泼伶俐、精明干练的小丽兹，站在他自己的立场上不想干预这份感情。

对阿克顿而言，克利福德能和自己的妹妹成亲，是社会法则的绝佳范例。阿克顿本人没有订婚，不过幸运的是，其他所有人都没有像阿克顿那样犯傻。正如阿克顿曾经自诩的那样，他曾经开眼看世界，阿克顿曾经浪迹天朝，像当地臣民那样对官老爷三叩九拜。他也了解到善良的青年人和刻薄的青年人之间有何必要区别，对克利福德没有对人造成伤害这一点很是满意。尽管必须要补充一句，他没有勇气公开承认，但是他相信一条老规律：年轻人应该放浪形骸，免得在未来惹出麻烦而痛苦一生。如果温特沃斯先生、夏洛特和布兰德先生把这条规律用在克利福德的教育上，那么这三人会更高兴，阿克顿认为很遗憾的是这三人不能对此更为高兴。这三人对克利福德的小罪太过挂心，对孩子的言行讨论太过严重，不是吓着克利福德，就是让他困惑不已。当然这里有很高的道德标准：不得醉酒，不得为了赢钱而打桌球，培养健康的感性认识。但问题在于可怜的克利福德到底害怕在哪条道德准则上栽跟头呢？然而对阿克顿先生而言，将明斯特夫人让出来，用来救赎这个顽固不化的大学生，可谓闻所未闻。对他而言，一方面，负责教化的明斯特夫人在这个教育实验里的角色实在太复杂了。另一方面，菲利克斯谦恭地表示越是风情万种的女性，越是“数量众多”，所谓的“数量众多”，其实从字面意思上翻译过来就是，这位女士有着深厚的社会经验和社会功用。

正如我们所知，尤金尼亚对展示自己的社会功用忙得不亦乐乎。我有幸可以说明，她不远四千英里而来就是为了寻找自己的出路，我们不能认为，她是在这次事件中付出极大努力以后，才不会放过每一个供自己发展的机会的。我为了试图用简练的语言描述这位杰出女性的仪态，而不得不诉诸粗糙的文字，这是我的失职和不幸。例如我在以下例子中感觉尤为明显：当我说她起初试图从罗伯特 · 阿克顿本人那是寻找出路时，她稍微一想就觉得任何一位精明的弓箭手都会备上第二把弓。尤金尼亚是位善于精心编织动机的女性，她的意图从来不会让人感觉有任何不妥。她对克利福德抱有一种审美理想，这样的话她就可以用一种公正无私的理由将克利福德纳为己有。对于一位风华正茂的年轻绅士而言，摆出天真无邪的样子是最好的，但是克利福德本人确实是粗鲁得要命。既然长着一张俊美的脸，就应该配上更为得体的言行。明斯特夫人将会以美好的名义教会克利福德燃起对巨大财富和（正如他们在欧洲所说的）社会地位的渴望，还教导他作为家族的独生子如何表现得更为得体。

一旦克利福德为了自己的前途亲自过来看望明斯特夫人，他就成为常客，他几乎不知道自己来的目的为何。克利福德几乎每天夜里都能在父亲的房间见到明斯特夫人，她不是小姑娘，只有克利福德的同辈女性才可以这样被称呼。克利福德夸大了明斯特夫人的年龄，女方在男方眼里就是个老妇人，让人高兴的是，女男爵虽然很聪明却无法猜出这一点。不过渐渐地克利福德发现了惊人的事实：这位老妇人即便不合自己天生的口味，也像某些美食文章谈到的那样，成为后天习得的品位。女男爵当然是位极富吸引力的高龄女士，明斯特夫人跟他谈话的时候，给克利福德带来的体验，可以说是之前他跟任何绅士和任何淑女交流都未曾有过的。

“你应该去欧洲，好好旅行一番。”一天下午，女男爵对他这样说，“当然一从大学毕业，你就必须去做。”

“我不想去。”克利福德说道，“我认识一些去过欧洲的朋友，他们说待在这里比去欧洲更有意思。”

“这因人而异了，取决于你怎么定义有意思。你的朋友大概没有得到很好的引荐。”

“引荐？”克利福德问道。

“他们没有机会进入社交界，没有形成任何人脉关系。”人脉关系这个词是女男爵经常说的众多法语发音单词的一个。

“我知道那些，他们去巴黎舞会。”克利福德说道。

“啊，到处都是舞会，尤其是在巴黎。不，你要明白必须亲自去那里，这是必不可少的，你需要体验一回。”

“哦，我好得很。”克利福德说，“我一点问题都没有。”

“我可怜的傻孩子，我不是说你的健康，我指的是你的言谈举止需要改正改正。”

“我不懂任何礼仪！”克利福德低声嘟囔道。

“简而言之，你不听我的劝，是不是？”女男爵笑着问道。“你总归得去欧洲学点皮毛吧。你能在那里学得更好。很遗憾的是，我还住在德国的时候，你没来欧洲。如果当时你来的话，我会给你引荐。我有个非常好的小圈子。你可能是太年轻了，但是我认为一个人越是在年轻的时候接触这些，将来效果越好。现在无论如何，你没有时间可以浪费了。我回欧洲的时候，你一定要过来看看我。”

所有的这一切，让克利福德听得一头雾水，引发了他的忧虑——他自己太过年轻，尤金尼亚返回欧洲的计划，还有女男爵把他引荐到她的精致小交际圈。他要开始做什么？女男爵的小圈子究竟为何物？他对女男爵的婚姻状况有个大致了解，但是这件事很难精确定义，他感到不方便公开自由提出来。克利福德坐着，环顾四周，他推测女男爵在以某种方式暗示她自己的婚姻。

“哦，我不想去德国。”他说道，似乎在他看来这样说最顺口。

女男爵看了他一会儿，嘴唇微微一动，笑了笑，但是眼睛没有跟着笑起来。

“你是不是有顾虑？”她问道。

“顾虑什么？”克利福德说道。

“你这样的年轻人呢，太另类了。都不知道该怎么要求你。当你不是那么没大没小的时候，又表现得特别一本正经。之所以我敢这样评价你，是因为我的婚姻生活不正常，我和这样的人生活在一起，你错的不会比那样的人更离谱。我这个人更特别。”

“哦，别。”克利福德近乎绝望地说，“我从来没有想过那样的事。”

“你确信？我打保票你父亲这样想，你的姐妹们也是这样看待你的。我在这里教你学好，他们在那里互相传话，但是他们说我跟一个私生子结婚——我被当成了轻薄的女人。”

“唉，别别别。”克利福德使劲儿地喊道，“他们背后不是这样互相传话的！”

“要是他们这样想，最好也这样说。”女男爵回答道，“那他们不是自相矛盾吗？无论你什么时候听到他们这样说，都当成耳旁风，不要因为我的交往对象，就不敢来找我。我可怜的苦孩子，我有幸能够见到一群更为有头有脸的人，比你一辈子见到的显赫人物多得多。我很少见到女人，但是见到的都是能排的上号的女杰。所以啊，我亲爱的清教徒小徒弟，不要怕。不是我一个人，是很多人认为女性社交圈失去了在*真实社会*里教导年轻男性的必要作用，但我从来没有赞同过这种论调。我还是为自己留了当老师的担当，我认为我们这个学校好过其他的学校。相信我，克利福德，我会证明给你看，”女男爵继续说道，她说的同时也在给克利福德留下好印象，证明自己至少不会因为带着自己的小亲戚学坏而遭人骂，“所以，要是你陷入贼窝，可别说是我送你去那里的。”

克利福德想起这些他的必修内容就觉得好笑不止——尽管女男爵的比喻十分生动——她讲的意思，以及她认为克利福德应该懂得的意思，都让克利福德忍不住大笑起来，尽管他努力克制自己。“哦，别！哦，别！”他喃喃地说。

“如果你觉得我好笑，就尽量笑出声来，笑出声来！”女男爵说道，“我来这里的目的就是为了让你笑！”克利福德认定女男爵确实是个非常有趣的人。“但要记住一点。”她在这个场合里发话了，“明年你到我那里看看。”

大约一周后，女男爵直截了当地跟克利福德说：“你是不是在认真考虑向你的小表妹求爱？”

“认真求爱”——这个词从明斯特夫人的嘴里说出来让克利福德觉得装腔作势，又让人脸红不止。他犹豫着，不敢赞同，唯恐承担自己不能承担的义务。“嗯，如果我有的话我不会说的！”他强调道。

“为什么你不愿意说？”女男爵问道，“这些事情你应该都知道。”

“我才不管这些东西应该知道不知道。”克利福德回复道，“但是我不希望别人那样看我。”

“像你这样的年轻人重要的是要学会观察——要把自己保持在对事情无动于衷的状态里。我不是说你非得要对外界没有感觉。”女男爵解释道，“不，必须知道自己似乎在被人观察，而且认为自己现在的状态是自然而然的，但是必须表现出自己完美适应环境的样子。克利福德，现在你没有做到，你一点也没有那种状态。你要明白你自己必须做到这一步，不要对我讲你是个无足轻重的青年。”尤金尼亚补充道，“凡事都不要轻易那样说。”

“哦，别，你不了解我说的意思！”克利福德说道。

“是的，你必须到德国来一趟。”明斯特夫人继续说道，“我会让你看看人们是怎样被其他人臧否是非的，似乎目前你还不懂这些。当然和我在一起，你也会被别人评头论足，别人会说你是我的情人。我会让你看看我是怎么不把他们的评论当回事的——我到底在多大程度上可以轻视它。”

克利福德坐着出神，脸红了起来，笑出了声。“我是很在意的！”他说道。

“哎呀，你要明白，别太把别人的飞短流长当回事，这些都是无关紧要的。但是我会让你稍微留意别人的议论，尤其如果你对阿克顿小姐特别着迷的话。面对别人的议论，*你要一往无前*，要么得到，要么失去。道理就这么简单。”

“我不理解你为什么希望知道这些。”克利福德说道。

“你应该要求我知道这点。如果某人正在张罗婚事，那他就该告诉周围的朋友。”

“哦，我不安排任何事情。”克利福德说道。

“你还想不想娶你表妹了？”

“嗯，我期望自己选择什么，就做什么！”

女男爵把头靠上椅子后背，闭上眼睛，好像累了的样子，接着她的眼睛接着又睁开了。“你的表妹非常迷人！”女男爵说道。

“她是这个地方最漂亮的姑娘了。”克利福德回复道。

“‘这个地方’还是舞台小了，她将会在任何地方魅力四射的。我怕的就是你陷进去了。”

“哦，别，我可没被情网缠住。”

“你订婚了吗？在你这个年龄里订婚就是陷入情网的同义词。”

克利福德带着几分胆大，看着女男爵。“你不会把这件事告诉其他人吧？”

“如果这件事那样神圣的话——不会。”

“那好，那么——我们都不会！”克利福德说道。

“那是个很大的秘密——你没有订婚，对吗？”女男爵快意一笑，问道。“我很乐意听到这点，你啊，毕竟太年轻了。在你这种位置上的年轻人必须做出选择和比较，他首先必须看到世界。一切取决于此。”她补充道，“在你出国到我那里访问之前，别解决这事。有几点我首先得让你注意一下。”

“嗯，我很害怕出游欧洲。”克利福德说道，“对我而言，似乎重返校园更为合适。”

女男爵看了他一会儿。

“我的乖孩子。”她说道，“从来没有一位优秀男士花上一段时间，向一位聪慧的女士求学——可能这样的老师比学生本人稍微大几岁。你应该对自己能够得到免费指导很感恩，在我这里你将得到免费指导。”

翌日，克利福德告诉丽兹·阿克顿，说女男爵认为小丽兹是她见过的最有魅力的女孩。

丽兹摇了摇头，说道：“不，她没有说实话！”

“你相信她说的每一句话吗？”克利福德问道，“是不是她的话都得反着来理解？”

“我就是这样看的！”丽兹说道。

此时克利福德脑子里想到在这种情况下女男爵肯定特别期望克利福德·温特沃斯先生与丽兹·阿克顿小姐成亲。但是从大局出发，他决定对这则观察按下不表。

第九章

对罗伯特·阿克顿而言，似乎从尤金尼亚造访了他的宅邸后，两人之间发生的一些事情，极大地增进了彼此的亲密关系。我们很难说清楚其中的具体原因，但尤金尼亚告诉阿克顿，自己已经决定和阿道夫亲王做个了断。明斯特夫人来访阿克顿家里以后，两人关系照旧，阿克顿依然经常去明斯特夫人那里；但是在明斯特夫人造访之前，阿克顿就经常去女方家了。他觉得自己待在明斯特夫人的客厅非常惬意，不过这可不是新发现。但是现在的感觉不同了，如果说之前女男爵对阿克顿有很多想法，那么现在是再也无法摆脱了。首先女男爵个人魅力十足，但是现在这种魅力又多了几分智性。阿克顿一直在琢磨女男爵的遣词造句和情感动向，这些元素就像代数题中的系数一样令人着迷。用这种比方是非常贴切的，因为阿克顿极其钟爱数学。他在盘问自己是否爱上了女男爵，然后希望自己的灵魂不要被夺过去，他希望自己不要因为爱就牺牲了自己的利益。爱情是诗意的冲动，而他现在对女男爵的感觉很大程度上可以描述成非同寻常的平淡情感——好奇心。从阿克顿对自己沉静思考的习惯上来看，这点是对的，好奇心越过了某个临界点，可能就变成了浪漫激情。阿克顿当然深切认为这位风情万种的女性让他坐立不安，甚至有点躁动抓狂。当他为此困惑烦恼时，他并不是那么心急，阿克顿并不是铁了心不想摆脱单身。早些年他曾经是这个状态——或者说他曾经尝试这样做——抱着成为好“马屁精”的观点而不和人结婚，他还自鸣得意，认为自己的单身状态就是像某个城堡那样牢不可破。这栋城堡无论外面发生了什么事，都能挺得住，他为此修筑了很长时间。阿克顿将大炮从城堡的防御土墙挪走，放下开合桥，让人可以走过护城河。现在在明斯特夫人的脚步下，城堡开合桥变得摇摇晃晃，为什么不再次升起开合桥，这样明斯特夫人可以被关在城堡内成为囚徒呢？至少在那个时候，他有可乘之机让这位女士感觉舒服，萌生了让女男爵变成安命顺受的囚徒的想法。但是开合桥再也没有升上来，阿克顿的贵客来无牵挂，去也坦荡。他很好奇的是，为什么两人的关系如此脆弱，男人并没有对如此妩媚的女性有爱意。正如我所说的，如果她的千般魅力如同代数题中的系数，那么对这个问题的解答就是未知数。探索未知数的过程非常有趣，因为最终结果会榨干阿克顿的全部才智。

到了八月中旬，他不得不离开家几天。一位他在中国旅行时期结识的老朋友请他去纽波特一趟，朋友在那里病得很重。后来朋友的病情好转，到了周末阿克顿被释放出来了。我特意用了“被释放”这个词，因为尽管他和这位在中国结识的老搭档有交情，但阿克顿这次是个半心半意的访客。阿克顿感到自己像在剧院里看一场极其精彩的演出，结果中途被叫了出来。剧院的帷幕此时一直没有落下，他错失了整整第四幕，而第四幕很重要，关系着观众能否正确理解第五幕的剧情。换言之，阿克顿想的是女男爵，从一定距离来看，似乎确实是光彩夺目的人物。阿克顿在纽波特见过很多漂亮女性，她们当然确实长得很好看，漂亮的浅色裙子也配得上她们。不过尽管这些女性能言善辩——女男爵的长处也是谈话——明斯特夫人比起她们来毫不逊色。阿克顿希望女男爵也来纽波特。正如他们所言，是否可以搞场派对，游览著名的海滨浴场，邀请尤金尼亚也参与其中？要是和尤金尼亚单独在纽波特待上两周，那确实再惬意不过了。看到女男爵在社交场上卖弄万般风情是极大的享受，阿克顿确信女男爵能够做到这点。当阿克顿想这些事情的时候，他开始来回走动，双手插进口袋，略微皱起了眉头，看了一眼地板。和明斯特夫人一起进行有趣的“度假”，离开平时圈子里的所有人，这究竟能证明什么呢（这当然能证明某些东西）？要是明斯特夫人正式终结她与非正式丈夫的婚姻关系，那么这种场景似乎明确暗示婚姻生活。阿克顿先生无论如何，根据自己特有的判断力，克制自己，无论这场度假有何暗示，他都不发表公开声明，事件的讲述者没有义务对此下出明确定义。

他很快赶回家，下午时分赶了过来，尽可能不浪费时间就重新回到他熟悉的温特沃斯先生的生活圈里。然而一来到温特沃斯先生的房子，就发现柱廊空荡荡的，一看到走廊的灯都关了，就明白人都走了。走入别墅内部，他发现温特沃斯先生坐在一间房屋里，聚精会神地读着《北美评论》。两人寒暄之后，表哥仔细问了问阿克顿的旅程情况，阿克顿问自己不在的时候谁成了温特沃斯先生的同伴。

“他们跟往常一样，各自玩各自的。”老人说道，“不久前我看到夏洛特，她和布兰德先生一同坐在柱廊那里。他们用惯常的活泼语气谈话，我猜他们还邀请了夏洛特的妹妹来谈话，那个女孩不止一百次在花园里跟着她的外国表亲闲情逸致了。”

“我猜你说的是菲利克斯吧。”阿克顿说道。征得了温特沃斯先生的同意以后，他说道：“其他人如何呢？”

“今天夜里你的妹妹没来。你肯定会在家里见到她。”温特沃斯先生说道。

“是的，我想她该来。她拒绝了。”

“我猜丽兹是在等着一位访客。”老人带着一种严肃的诡秘说道。

“要是她期盼克利福德的话，克利福德并没有来。”

温特沃斯先生到了这个时刻，合上了《北美评论》。论及克利福德说自己打算去见表妹，温特沃斯先生说他理解这个人的想法。老先生私下里表示如果丽兹·阿克顿没有收到他儿子的消息，那么克利福德肯定在夜里去了波士顿：这在夏天夜里是不寻常的，尤其是这个行为带有不真诚的反抗。

“你要明白他有两个表亲。”阿克顿笑着说道，接着指出了他说的重点，“如果丽兹不在这里。”他补充说道，“女男爵似乎也不在。”

温特沃斯先生瞪了一会儿，想到了菲利克斯的古怪主意。有段时间他不知道克利福德是不是去了波士顿，毕竟他希望克利福德还是不去为好。

“女男爵今天夜里没有给我们捧场。”他说道，“她已经三天没有来这里了。”

“她病了吗？”阿克顿说道。

“没呢，我看望过她。”

“那她出了什么问题？”

“嗯。”温特沃斯先生说道，“我想她可能对我们厌烦了。”

阿克顿假装坐下，但是又坐不住。他发现自己无法和温特沃斯先生谈话，在最后的十分钟里，他戴上帽子，说他认为自己应该“离开”，天色很晚了，已经是晚上十点了。

一脸镇静的亲戚看了他一会儿。“你要回家？”他问道。

阿克顿犹豫了一下，接着回答他想去其他地方，见见女男爵。

“嗯，你倒是很实诚，至少从这点来讲。”温特沃斯先生伤心地说。

“你也是啊，如果你到了这种情况的话！”阿克顿笑着说道，“为什么我就不能实诚点？”

老先生又一次打开了《北美评论》，读了几行文字。“如果我们曾经有过任何一种美德，那么现在最好保存它。”温特沃斯先生说道，他不是在引用《北美评论》里的句子。

“我们这里有女男爵。”阿克顿说道，“这是我们必须要留住的！”阿克顿太过心切，急着想再见明斯特夫人一面，他此时疑惑温特沃斯先生到底在谈论什么。他一走出房门，就穿过花园，走上通往尤金尼亚临时居所的小路。

阿克顿在居所外停留了片刻，站在女男爵的小花园处，走廊窗户敞开，他能看到其中的白色窗帘，里面透着灯光，在温暖的夜风中飘动。一想到能够再次见到明斯特夫人，他就有点激动起来，感到自己的心跳比平常快得多。当他沿着走廊走到敞开的窗户前，用手杖敲击门楣时，他可以看到女男爵就在屋内正中央。女男爵她走到窗户前拉开窗帘，看了阿克顿一会儿，并没有笑，脸上似乎很严肃。

“*你当然可以进来了*！”她最后说道。阿克顿走过窗台，他瞬间怀疑女男爵究竟出了什么事。但是接着她笑了起来，伸出了手。“迟来总比没来好。”她说道，“你现在这个点来正好。”

“我刚从外边办事回来。”阿克顿说道。

“啊，非常好，非常好。”她重复道，一边说一边找着座位坐。

“我先到其他房子里。”阿克顿继续说道，“本以为可以在那里找到你。”

女男爵先坐在她那把别致的椅子上，但是又起身，接着在整间屋子里走动。阿克顿放下手杖，脱下帽子，看着她，意识到再次见到女男爵是极大的福分。

“我不知道是不是应该喊你坐下来。”她说道，“来看我，现在时间也这么晚了。”

“要结束的话，也太早了罢。”阿克顿说道，“我们不计较开头。”

女男爵再一次看了他，过了一会儿，再一次坐在她的矮椅子上。阿克顿坐在女男爵身边。

“我们现在就在中途，是不是？”她问道，“你离开的时候，我们在哪里了？不，我没有去过其他房间。”

“你昨天没去，前天也没去其他房间，是不是？”

“我不知道现在是多少天了。”

“你厌倦了。”阿克顿说道。

她靠着椅背，手臂抱在一起。“你这指责也太伤人了，但是我没心思给自己辩白。”

“我并不是在伤害你。”阿克顿说道，“我预料到了这样的事情。”

“这足以证明你非常敏感了。我希望你旅途过得愉快。”

“旅途一点都不觉得愉快。”阿克顿说，“我宁愿待在这里陪着你。”

“但是你现在在伤害我。”女男爵说，“你在以自己定义的忠诚来伤害我的反复无常。”

“我得承认自己从来没有对喜欢的人感到厌烦。”

“啊，我不是那种可怜可恶的外邦女性，整天神经兮兮，老于世故。”

“自从我离开以后，你身上有了一些变化。”阿克顿换了位置说道。

“你离开——我身上就发生了这点事。”

“你的意思是说你想我了吗？”他问道。

“如果我要说出什么意思的话，你用不着挂在心上。我非常不诚实，我的奉承也是一文不值。”

阿克顿沉默了一会儿。“你已经崩溃了。”他最后说道。

明斯特夫人离开了椅子，开始挪换地方。“等一会儿。我先平复一下情绪。”

“你最好不要把这件事太放在心上。如果你感到无聊了，至少——你不应该害怕对我说出来。”

“你不应该那样说话。”女男爵回答道，“你不应该给我打气。”

“我欣赏你的耐心，这就是鼓励。”

“你甚至连那样的话都不应该说。你讨论我的耐心就说明你对你自己的人不忠心。耐心意味着忍受煎熬，我到底该忍受什么痛苦？”

“哦，当然不是饥饿，也不是残暴。”阿克顿笑着说道，“不过就是这样，我们仍然都欣赏你的耐心。”

“你们都在嫌弃我！”女男爵忽地转过身背对着阿克顿，突然爆发出一阵愤怒。

“你这样做。”阿克顿起身说道，“对于一个对你说温柔话的男人而言太狠了。”

女男爵在这个夜里她显得尤为楚楚动人：她散发出一种前所未有的柔软，脸上有一股被压抑的神情，举止非常优雅。阿克顿感到自己突然喜欢起这种现象。女男爵饱受着极大的屈辱，在这个世界静寂的角落，她已经融入了对面的小圈子，说话时开始学起当地平易乡土化的表达方式，分享起当地贫乏无味的享受方式。她给自己安排了任务，坚定地执行它。女男爵努力适应新英格兰笨拙的生活方式，她有勇有谋，把这一切表现得好似喜欢当地人。

阿克顿心中涌出一股前所未有直率的需要，他要对女男爵说自己欣赏对方，女方给他留下的印象是个超凡不群的女性。到目前为止，他一直在守护着女男爵。阿克顿曾经小心谨慎，敏于观察，猜疑多心。但是他血液中有一丝丝骚动，似乎在昭示着他从这位魅力多姿的女性那里看到她本人更加坚定的信心，这本身就是回报。“我们并不嫌弃你。”他接着说道，“我不知道你的意思是什么。无论如何，我为我自己说话，我对其他人的任何情况不知情。实际情况很可能是因为他们让你过上了单调的生活，你才嫌弃他们。听你这么讲确实让我感到些许欣慰。”

尤金尼亚一直看着房间另一边的门，现在她再次把眼睛转向罗伯特 · 阿克顿。“到底出于什么目的。”她问道，“像你这样的人——一个真诚的人，一个殷勤的人——把那么不堪的事情说得那样冠冕堂皇？”

“难道这听上去那么不堪吗？”阿克顿坦白地问道，“我认为是这样的，谢谢你告诉我这些。当然，我不是从字面意思上理解的。”

女男爵站起来看着他；问道：“那你认为我说的是什么？”

问题很难回答，阿克顿感到自己有点莽撞，走向敞开的窗户，向外探望。他站在那里，想了一会儿，接着转过身来。“你知道那件要寄往德国的文档。”他说道，“你管这个叫你的‘决裂声明’，你到底送过去没有？”

明斯特夫人的眼睛瞪得大大的，看上去神色沉重。“你对我的回答也太奇怪吧！”

“哦，这绝非答案。”阿克顿说道，“很多次很多次，我都希望你能回答我，我大概认为你会自己告诉我答案。就我个人而言，这个问题现在似乎很唐突，但是在任何时候都会显得突兀。”

女男爵沉静片刻，接着说：“我认为我已经告诉过你很多次了！”

这则声明对阿克顿而言似乎宣泄着某种力量，确实，阿克顿对女男爵提出的要求远远大于他能提供给女方所需的。阿克顿回到窗前，一颗小星星闪过柱廊边缘，他凝视了星星片刻。其实尽管他可以满足任何程度的要求，大概迄今为止他不愿意公开这样做。“我能为你做些什么呢？如果你再也不能忍受乏味的生活，让我给你带来快乐。”

女男爵再一次坐在椅子上，双手拿着扇子，放在嘴边。透过扇子的顶端，她看着阿克顿。“今天你表现得非常奇怪。”她略微一笑，说道。

“在这个世界上我会愿意做任何事情。”他站在女男爵身前说道，“你是不是应该去旅游，看看这个国家的一些地方？你愿意不愿意去尼亚加拉瀑布？你要清楚你自己是应该去尼亚加拉瀑布的。”

“你的意思是说，和你一起出行？”

“我很乐意带着你一起去。”

“你单独一个人带着我？”

阿克顿看着她，先是笑了一下，接着气氛严肃起来。“嗯，是的，我们两个人单独出行。”他说道。

“如果你不是你现在的样子。”她回答道，“我会感到自己被冒犯了。”

“你这话又该作何解释——什么是我现在的状态？”

“如果你是我过去习惯生活中的绅士群体的一员，如果你不是古怪的波士顿人。”

“如果那些你过去惯于打交道的绅士们教会你期待什么是冒犯的话。”阿克顿说道，“我很乐意我现在的样子。你最好去一趟尼亚加拉瀑布。”

“如果你愿意‘取悦’我。”女男爵说道，“你没有必要花费更多开销。你很能讨我喜欢了。”

阿克顿与女男爵相对而坐，女男爵仍然用扇子掩面，只露出双眼。两人沉默片刻，阿克顿先开口，回到了之前提过的老问题：“你有没有把文件寄回德国？”

两人又陷入了一阵沉默。然而明斯特夫人那双洞穿世事的眼睛似乎半是有意、半是倦态，不愿意吐露实情。

“我会告诉你——等咱们在尼亚加拉瀑布的时候！”她说道。

就在几分钟前，尤金尼亚注视着房间更深处的大门，现在她说这句话的时候这扇门开着。克利福德·温特沃斯站在门口，脸涨得通红，神色极其尴尬。女男爵迅速起身，阿克顿也起身，不过动作慢了些。克利福德没有向阿克顿致意，他看着尤金尼亚。

“啊，你在这儿？”阿克顿问道。

“他刚才待在菲利克斯的画室。”明斯特夫人说道，“他希望看看菲利克斯给他画的速写。”

克利福德看了看罗伯特·阿克顿，一言不发，他只用自己的帽子扇了一下。

“你来的不是时候。”阿克顿说道，“你可没多少光。”

“我什么都没有！”克利福德笑着说道。

“你的蜡烛灭了？”尤金尼亚问道，“你应该回来，重新点亮蜡烛。”

克利福德看了看女男爵，说：“所以我应该——应该回来。但是我已经离开蜡烛了。”

尤金尼亚转过身去。“你太傻了，可怜的孩子。你最好回家去。”

“嗯。”克利福德说道，“晚安！”

“对一个刚刚从一段危险旅程全身而退的男士，你难道没有话要说吗？”阿克顿问道。

“你好？”克利福德说道，“我认为——我认为你——”他停了下来，又一次看了看女男爵。

“你认为我在纽波特，是不是？我当时确实在那里——今天上午还在那里的。”

“晚安，聪明的孩子！”女男爵耸了耸肩膀说道。

克利福德盯着她——从神情看一点都不聪明，接着他发出略带滑稽样子的咆哮声，离开了。

“他到底出了什么问题？”克利福德离开一会儿后，阿克顿问道，“似乎他一头雾水。”

尤金尼亚靠着窗户，瞟了一眼，听了一会儿。“问题——问题——”她回答道，“但是你刚才没说什么事情。”

“如果你是说他喝了一点酒，你可以说那件事。”

“他再也没有喝酒。我已经治好他这个毛病了。作为回报，他爱上我了。”

轮到阿克顿反过来瞪大了眼睛。他突然想起自己的妹妹，但是他从来没有谈论过妹妹，阿克顿开始笑了起来。“我一点都不怀疑他的追求！但是我担心的是他因为沉醉在你弟弟的画笔里，而放弃你的社会教育。”

尤金尼亚沉默了一会儿说：“他那时候没有去画室。我搭建的。”

“你搭建的画室？为什么呢？”

“他脑子里有的是浪漫的点子，他习惯半夜来看我——横穿果园和菲利克斯的画室，菲利克斯的画室门就是那样敞开的。这似乎让他感到很愉快。”尤金尼亚笑着补充道。

阿克顿感到这比他说的还让自己吃惊，因为这是别人带来的对克利福德的新看法，克利福德迄今为止行为乖张，毫无浪漫可言。阿克顿尝试着再次笑出声，但是他觉得应该严肃些，犹豫一刻后，其严肃表态已经解释了事态本身的严重性。“我希望你不要惯着他。”阿克顿说道，“对可怜的丽兹而言，他可能朝三暮四。”

“对你的妹妹？”

“你知道他们两人极其亲密。”阿克顿说道。

“啊！”尤金尼亚笑着说道，“但是她——她有没有——”

“我不知道。”阿克顿插了一句，“她是什么情况。但是我总在想克利福德铁了心都要讨好她。”

“啊，*举个例子*！”女男爵继续问道，“这个小怪物！下次他要是再放飞自我，我会教他做人，如何为自身的行为感到羞耻。”

阿克顿沉默了一下说：“你最好对这事一句话也别说。”

“待人接物的基本礼数我已经告诉过他很多了。”女男爵说道，“但是你要知道，在这个国家，年轻人的关系如此复杂，常常搞得人摸不清头绪。当你确切认定他们要有好事时，他们没有订婚。就拿夏洛特·温特沃斯和那个年轻的教士的例子来说吧，如果我是夏洛特的父亲，肯定坚决要教士娶她，但是现在看两人又不急。另外一方面，一个男孩子已经二十岁，一个小姑娘还要跟着保姆——你的妹妹没有保姆？那么她肯定离不开母亲吧！但这两个人就成了一对。简而言之，你会发现他们两个人的交流充其量就是这个年龄段人稚气未脱的客套话，结果按这个点就要永结同心了。”女男爵口若悬河，一反之前克利福德还未现身时无精打采的样子。阿克顿似乎觉得女男爵的眼睛里闪烁着愤怒的火花——声音中带着嘲讽（当她谈到丽兹从不离开母亲的时候就洋溢着这种口气）。如果明斯特夫人被惹火了，罗伯特·阿克顿就一脸发懵。她接着又在屋子里无目的地走着，阿克顿一言不发地看着女男爵。这时女男爵拿出表，看了一眼，说已经是凌晨三点，阿克顿必须回去了。

“我来这里待了还不到一个小时呢。”他说道，“他们还在其他房间，没睡觉呢。你可以看看灯。你的弟弟还没有回来。”

“哦，在其他房间”尤金尼亚说道，“他们也太可怕了！我不知道他们在那里干什么。我就是个非常平凡的小女人，有自己固定的作息规律，按时起居。其中一条规矩就是访客不能在午夜以后继续逗留——尤其是像你这样的聪明人。所以道声晚安！”

毫无疑问，女男爵说话心直口快，尽管阿克顿向她道别，离开房屋，但是他仍然对此事极其困惑。

翌日，克利福德·温特沃斯前来看望丽兹，当时正在家的阿克顿看到克利福德走过花园，察觉到了情况。明斯特夫人讲了克利福德的抵触情况，阿克顿本能地想把这些话与实际观察对上号。但是他发现自己的头脑不足以胜任这项挑战，最后还是要求助于年轻人的坦率。阿克顿等着，直到克利福德走开，接着走了出去，赶上了克利福德。

“我非常希望你能回答我一个问题。”阿克顿说道，“昨天晚上你到底在明斯特夫人那里做了什么？”

克利福德开始笑了起来，脸蛋涨得通红，不用说跟藏着浪漫秘密的年轻人别无二致。“她到底对你讲了什么？”他问道。

“这恰恰是我不想跟你说的。”

“那么，我对你的答案也是一样的。”克利福德说道，“除非我知道自己可能做不到这点。”

他们在花园小径停下了脚步。阿克顿凝神细看满脸喜气洋洋的小亲戚。“她说她自己不能设想陷入你的怀抱而无法自拔的感觉，你好像非常不喜欢她。”

克利福德稍微带着警觉地瞪起眼。“哦，来吧。”他嘟囔道，“你并不是那样想的！”

“那么你为了公正良俗的考虑，有时你来到她的房子里后，把她晾在一边，自己跑去菲利克斯的画室，打着看他速写的幌子在那里消磨时间。”

“哦，来吧！”克利福德又一次嘟囔道。

“难道你确信不跟我讲实话？”

“是啊，当然！”克利福德开启了嘲讽技能，滔滔不绝地打开话匣子。“嗯。”他补充了一句，“我当时认为你就是我父亲。”

“你知道那个时候有人在场？”

“我们听到你走了进来。”

阿克顿想了一下说：“你那个时候和女男爵在一起，对吧？”

“我当时在走廊。我们听到外边你的脚步声。我还以为是我父亲的脚步声呢。”

“就是因为这点。”阿克顿问道，“你溜走了？”

“她让我这样做的——让我跑到画室去。”

阿克顿想得更出神了，想着想着仿佛手旁有把椅子，他想坐下来。“为什么她不愿意你们父子相见？”

“嗯。”克利福德说道，“我父亲不愿意在那里看到我。”

阿克顿斜着眼睛看了看他的同伴，对这则断言忍住自己的嘴巴不评论。“他有没有，”阿克顿问道，“这样对女男爵说过？”

“嗯，我希望别这样。”克利福德说道，“他从来没有对我说过那么多的话，但是我知道这会让他操心，我想让他不再为这件事犯愁。女男爵也知道这点，她也希望我来劝阻。”

“就是不让他再来见女男爵？”

“我不知道那回事，只知道不让父亲再劳神费心。尤金尼亚对所有事情都知根知底。”克利福德以自己对此事十分了解的口吻补充道。

“啊！”阿克顿带着询问的语气说道，“尤金尼亚知道所有事情？”

“她知道来的人不是父亲。”

“那你为什么来呢？”

克利福德脸又红了起来，笑了笑说：“嗯，我怕的就是这个。此外，她让我无论什么情况，都得去。”

“她是不是认为就是我？”阿克顿问道。

“她没这么说。”

罗伯特·阿克顿深思着。“但是你没有来。”他马上又说道，“你回来了。”

“我不能走出画室，”克利福德回复道，“门锁着呢，菲利克斯在该死的窗户下半部分钉了好几块板子，好让光线集中从窗户的上半部分射进来。所以我无法用来逃跑。我等了好长一段时间，突然自己感到很害臊，觉得不该再向父亲藏着掖着了。事情再也瞒不下去了。我冲了出去，发现来的人是你的时候，我有点慌。但是尤金尼亚把事情解决了，不是吗？”尽管克利福德有点局促不安，但当他说这句话的时候，青年幽默家的风趣没有被慌张全然掩盖。

“漂亮！”阿克顿说道。“尤其，”他接着说，“人们一想到你曾经那么不谨慎，她肯定会被大大惹火的。”

“哦。”克利福德说道，口气中透露着年轻人因为自己行为虽然欠妥但是可以博眼球，而对一切事情报之以超然无畏的态度，“尤金尼亚对任何事情都不在乎！”

阿克顿犹豫了一下说道：“多谢你告诉我这些。”接着把手放在克利福德的肩膀上，他又说了一句：“再告诉我一件事情：你是不是有可能对女男爵稍微有点好感呢？”

“先生，没有的事！”克利福德几乎都要挣脱阿克顿的手，说道。

第十章

阿克顿从纽波特回来之后度过的第一个周日，见证了当地天气由之前长期的惠风和畅到现在急转直下的变化。天开始下雨，变得阴冷潮湿。温特沃斯先生和他的两个女儿穿着套鞋去教堂做礼拜，没有套鞋的菲利克斯·扬给格特鲁德撑着雨伞，也去了教堂。女男爵仍然待在家里，她心情既不高兴，也不虔敬。然而在她居住美国期间，从来没有参加过一场圣事。就在我开始讲述的这个周日清晨，玫瑰树的长长树干延伸到她居所的走廊，不过其中一部分树枝旁逸斜出，盘旋往复，在昏暗的微雨中摇曳多姿。女男爵站在小客厅的窗前，品味着这景象。有时在一阵风的簇拥下，玫瑰树向窗框打出一滴滴水珠，这类似某种人类活动——带有威胁、警告的意味。屋里非常冷，明斯特夫人披着一件披肩，走来走去。接着她决定生火，召唤过去的黑人女仆来，起初明亮的乌木与猩红色的头巾形成了色彩对比，成为她满足感之源泉。女仆让火噼啪燃烧起来，这位大妈名叫阿萨丽娜。女男爵开始觉得她谈吐之间有着风趣的野性，为了找乐，她让阿萨丽娜开口说话。但是阿萨丽娜讲起话来一本正经，枯燥无味，除了非洲再也找不到其他谈资了。这让女男爵想起来过去在社交圈里遇到的令人乏味的老妇人，但阿萨丽娜知道如何生火。炉火燃烧后，百无聊赖的尤金尼亚在静坐观察飞溅的火焰中享受了一刻钟的乐趣。她在想罗伯特·阿克顿很有可能过来看望自己，自从那个不幸的夜晚过后，两人再未相见。

但是一上午过去了，阿克顿还是没有来。一连几次她认为自己听到了阿克顿在走廊上的脚步声，但其实是百叶窗在骤雨中摇动的声音。自从一张速写插进她人生的新篇章之后，从这个篇章开始至今，女男爵发过很多次火。但是今天的怒火尤为敏锐，似乎这个愤怒自己就一点即燃。这迫使她去做一些事，但是并没有提示做哪些事情对自己有利。如果此刻她能做某些事，她希望拦下一艘去往欧洲的蒸汽船，欣喜若狂乘船回去，因为访问美国亲戚让她觉得非常失败难堪。她认定访美行程很失败的具体原因说不清，因为在美国的知名人士当中她受到了最高礼遇。从根本上讲，她的愤怒来源，她过去就有所察觉，然而现在感受愈发明显：自己放在口袋里的植物种子无法在这片广阔苍凉的大陆生根发芽，而她喜欢这株植物在自己周围生长，散发出沁人芬芳的感觉。施展权力、给人留下深刻印象这两样成为她汲取幸福的主要来源，现在她愤怒地感到自己就像一名筋疲力尽的游泳者，即将游到对岸，却发现原先认为光洁坚实的沙滩成了一堵高深平滑的石墙。在美国的环境下，她似乎无法把握自己的权力，光滑的石墙无法攀爬。“确实，*我不属于这个地方。*”她对自己说，“罗伯特·阿克顿先生不应该为了让我面子好看而拜访我，这弄得我活遭罪！”然而阿克顿不来，她又忧心如焚，心急之下她自己烧化了。

至少她的弟弟进来了，他踩着大厅地板，将湿气从外套上抖落下来。他进屋的那一刻，下巴闪着光，五六滴水珠在胡子上闪烁。“啊，你生火了。”他说道。

“*芳华已逝*。”女男爵回答道。

“从来没有，从来没有！好日子才刚刚开始呢。”菲利克斯走近壁炉前说道。他把背转向火苗，垂下了双手，伸了伸腿，透过窗户看外面的景物，即便是在淫雨连绵的周日，他的面部表情也在湿色中洋溢着喜气洋洋的玫瑰色。

他的姐姐坐在椅子上，看着弟弟，观察他的一言一行，在姐姐眼里，弟弟的脸色与她自己当前的心境极其相悖。姐姐被很多事情困扰，但是她弟弟的性情常常给她带来更多新的疑惑。我用“常常”一词而非持续不断来形容这个情况，因为有很长一段时间姐姐在集中注意力思考其他问题。有时她自己认为弟弟生性乐天，一直高兴不停，是种装模作样，或是惺惺作态。但是姐姐隐约意识到在这个夏天，弟弟是个极其成功的喜剧演员。两人至今没有任何和解，姐姐不认为自己需要与弟弟和解。菲利克斯大概顺着自己公正无私的天性，姐姐认为自己无法给出弟弟能够理解的建议。就因为这点，菲利克斯总是有种很舒适自在的感觉——他能确保自己不受干扰。菲利克斯非常精细敏感，思虑至真至善至纯，事实上他就是女男爵的弟弟。明斯特夫人认为在任何方面她都应该占据礼数上的制高点。菲利克斯纤细敏感，这点千真万确，他不喜欢与姐姐和解，这是世上为数不多让他感到不自在的事情。但是现在姐姐不再挂念任何让他不舒心的事情了。

“我的好弟弟。”尤金尼亚最后说道，“不要再对雨水*脉脉含情*了。”

“我乐意。我会让你也注意到雨水的！”菲利克斯回答道。

“到底有多久？”尤金尼亚问了一下，“你想要在这个可爱的景物上再花多久？”

菲利克斯瞪了一眼，问道：“你想走——几乎要走了吗？”

“‘几乎’这个词用得好。我可没你那么大的兴致。”

菲利克斯坐在椅子上，看着火焰。“事实上我很高兴。”他以轻快明晰的语调说道。

“难道你要耗费生命追求格特鲁德·温特沃斯？”

“没错！”菲利克斯侧着脸朝姐姐笑着说道。

女男爵以更为严肃沉重的脸色回应了他的眼神，问道：“你喜欢她吗？”

“不是你？”菲利克斯问道。

女男爵沉默了一会儿说：“要是有人问某个绅士是否喜欢音乐，我也会以他的回答来回复你：‘*我什么都不怕*！’”

“她非常崇拜你。”菲利克斯说道。

“我对那个不在乎。其他女人就不该崇拜某个人。”

“那她们应该厌恶你？”

明斯特夫人犹豫了一下，说道：“她们应该恨我！要是从时间角度，我在这里虚度了很多，她们却没有。”

“人要感到快乐的话，就不算浪费时间！”菲利克斯说得直截了当。我们可能会说他的态度有点让人愤怒。

“就在这其中。”他的姐姐带着刺耳的笑声说道，“有个人已经抱得美人归了！”

菲利克斯非常坦诚严肃地辩解：“我已经收获格特鲁德的芳心了，但是我绝不敢确定自己已经得到了她的财产。财产可能来，也可能不来。”

“啊，嗯，这是可能的！这点了不得。”

“这就看她父亲怎么办了，他不对我们两人的结合嗤之以鼻了。你要知道他希望格特鲁德嫁给布兰德先生。”

“我对此一点都不了解！”女男爵说道，“麻烦再加点木柴。”菲利克斯遵循了姐姐的请求，坐下来让火重新点旺。这时他的姐姐补充了一句：“你是不是想要和那个*女孩*私奔？”

“绝不这样。我不希望做任何让温特沃斯先生不高兴的事情。他对我们太客气了。”

“但是你必须在满足自己和满足他老人家之间做出抉择啊。”

“我希望能够满足每一个人！”菲利克斯兴高采烈地说道，“我有一副好心肠，打一开始就摆明心意，这里不是我追格特鲁德的地方。”

“那么，简单说，就是她主动追你了！”

菲利克斯突然脸一沉，看着姐姐。“你说你一点都不怕她。”他说道，“但是想必你应该——对她还是有点小害怕的。她这个人精得很。”

“我也开始看出来了！”女男爵说道。弟弟没答话，倚靠在椅子上，沉默良久。最终，明斯特夫人换了个口气，提出另外一个问题：“你到底有多想结婚？”

“要是我们结不了婚的话，我会大大失望的。”

“要么失望，要么两全其美！”女男爵说道，“这之后，意味着你要变成美国人了吗？”

“依我看我已经是个非常地道的美国人了。但是我们将会回到欧洲。对，到外面的世界开开眼，格特鲁德都快想疯了。”

“啊，这不跟我刚来这里的时候一样！”女男爵略微一笑，说道。

“不，跟你不一样。”菲利克斯看着姐姐，带着一股温和的严肃态度说道。当他看到姐姐从椅子上站起来的时候，他也站了起来。“格特鲁德跟你一点都不像。”他接着说道，“但是按照她自己的方式，近乎聪明至极。”他停了一下。他的内心满是良好的感觉，快活得恨不得表达一番。 按照他的灵性视角，姐姐总是像一轮明月，光照到的部分有光，没被照到的地方无光。在他看来，光滑表面上的阴影时大时小，但无论面积如何，他总是欣赏月光的。他看了看女男爵，接着吻了她。“我深爱着格特鲁德。”他说道。尤金尼亚转身离开，在屋内踱步。菲利克斯继续发言：“她非常有趣，跟表面上很不一样。她从来没有机会外出。她好得很。我们将会去欧洲，就想让自己享受一下。”

女男爵走到窗前，她站在那里远眺。天色比以往更加晦暗，降下倾盆大雨。“没错，让你自己觉得开心。”她最后说道，“你最好立刻就去欧洲！”接着她又转过身来，看着弟弟。一把椅子就在身旁，女男爵靠在椅背上。“难道你认为这对我非常好。”她问道，“以这种方式仅仅是为了看到你完成终身大事——如果安排确实妥当的话？”

“哦，这将会安排妥当的！”菲利克斯略有心急地说。

女男爵轻轻一笑。“你只想着自己的好，没有回答我的问题。当你正在纵情自我——和光彩夺目的格特鲁德共度良宵的时候——我到底该晾到哪里去？”

“*有你的份的*！”菲利克斯说道。

“谢了，我怕是会搅黄好事的。”女男爵眨了眨眼问道，“然而你是不是想把我留在那里？”

菲利克斯朝她笑了笑。“我最亲的好姐姐，你想待在哪里就待在哪里，我从来不考虑，你怎么说我就怎么办。”

“我认为——”尤金尼亚慢慢地说，“你是活着的人当中最没心没肺的。你没看到我惹了一身麻烦？”

“我看到你精神不振，就给你带来好消息。”

“嗯，让我给你传些消息吧。”女男爵说道，“你可能自己没看出来。罗伯特 · 阿克顿想娶我。”

“是的，我没有看出来。但是我很能理解这点。为什么这件事弄得你不愉快？”

“因为我下不了决心。”

“接受他吧，接受他吧！”菲利克斯高兴地说道，“他是世界上最好的人。”

“他爱我爱得很深很深。”女男爵说道。

“他有一大笔财产。请允许我在这里提醒你这点。”

“哦，我太清楚这点了。”尤金尼亚说道，“财产多这点给他加分不少，让他很吃得开。我得十分坦率地承认这一点。”女男爵离开了座位，走近弟弟，仔细地看了看弟弟。弟弟正在思考很多事情，姐姐在想弟弟对她的话到底理解了几分。

要理解女男爵有几种途径：她说的内容，她话中隐含的意思以及字面意思和隐含意思之间的地带，或是除了这两者的弦外之音。在上一则场景的分析中，可能女男爵的意思是菲利克斯应该容她把情况讲得更清楚，让菲利克斯给她出主意，用所有可能的体面方法使得女男爵嫁给世界上最好的人。但是菲利克斯没有从中理解出任何一层意思。

“一旦你重获自由了，目标是什么？”他问道。

“嗯，我并不是特别喜欢他。”

“哦，稍微尝试一下。”

“我现在在试着呢。”尤金尼亚说道，“如果他不住在这里，我应该活得更好。我从来不可能在这里生活。”

“带着他去欧洲吧。”菲利克斯建议道。

“啊，你说幸福是建立在强力争取的基础之上的。”女男爵回复道，“这并不是我找寻的幸福。他从来也不会住在欧洲。”

“他可以随你生活在任何一个角落！”菲利克斯大胆地说道。

姐姐静静地看着弟弟，明媚的双眸里透出一股穿透力，接着她又转身。“你瞧，无论如何。”她接着说道，“如果别人说我来这里是为了找寻出路，那么我要说自己已经找到了！”

“别光说不干啊！”菲利克斯神情严肃笑着要求道。

“因为你的利益，我不得不跟着你走。”姐姐过了一会儿说道，“但是请答应我一件事：*别太过热心*！如果阿克顿先生请你为他辩护，就借口推脱。”

“我当然会找个借口了。”菲利克斯说道，“我有自己的一套理由来辩护。”

“他要是跟我谈话的话——出于好意的话。”尤金尼亚接着说道，“警告他弃绝危险的念头。我讨厌吃强扭的瓜，做决定的时候，我希望自己气定神闲，眼睛睁得大大的。”

“我会小心的。”菲利克斯说道，“你除外。到你这里我会对你说，请完全接受他吧。”

女男爵走到了大门洞开的门口，站在那里看着他。“我出去换身衣服打扮一下，然后再想想。”她说道，弟弟听着姐姐缓步走回她的房间里。

下午晚些时候雨停了。雨刚刚停，天空绽放出一轮光芒四射的落日。菲利克斯坐在他的画室做些工作，但是到了最后，本来并不十分耀眼的阳光开始消退下来，他放下画笔，走出画室，来到了木屋外的小空地。来来回回走了一段时间，菲利克斯看着西边天空壮丽的晚霞，不禁再一次像往常一样慨叹起黄昏时分的乡下景色。夕阳的余晖深处有激发他想象力的东西，菲利克斯总是在西部的天空中找到愿景和意境。他联想起了很多事——和格特鲁德·温特沃斯漫步的时光；他似乎看到，在一栋房子的腰线部分，在云山雾海之间，开始了两人未来的旅程，他非常希望明斯特夫人能够有一桩体面舒适的婚姻。现在随着暮色愈加深重，想象力带着他注视这绚丽夺目的色彩。他回到了画室，拿起了一张小画板、调色盘和笔刷，把画板架在窗台上，以极大的兴致涂抹起来。就在他聚精会神地挥舞画笔时，远远看到布兰德先生缓步从温特沃斯先生的家中走来，紧紧抱着一把折叠好的大伞，踱步的时候郁郁寡欢，顾虑重重，眼睛直盯着地面。布兰德先生走出了温特沃斯先生家的大门，沿着小路走来，接着他进入了木屋旁的小花园。菲利克斯停下了手中的画笔，看着布兰德先生。随着布兰德先生走得越来越近，菲利克斯突然径直跑到花园大门向布兰德先生致意——他手中的调色板和笔刷给布兰德先生留下了更为深刻的印象。

布兰德先生走走停停，他似乎接受了菲利克斯的邀请。菲利克斯要赶着画黄昏，但是在访客突然降临的时候他欢迎了布兰德先生。

“我有太多话想跟你说了，我想该叫你一声。”菲利克斯以最友好的口吻说道，“你这一来，更让我觉得对不住你。你是来看我姐姐的，这点我清楚。但是你没有来看过我——我这个大艺术家。你要明白，艺术家是很敏感的，他们对事情都是见微知著的。”菲利克斯说完，叼着画笔笑起来。

布兰德先生站在那里，毫不掩饰自己严肃的神情，手里抱着雨伞。“我为什么应该来见你？”他问道，“我不懂艺术。”

“我想，你这话也太狂了。”菲利克斯说道，“要是你稍微有机会去学习某样东西，你肯定会问为什么要学，我对此无可奉告。我想一名牧师不需要艺术，是不是？”

“他需要好脾气，先生。”布兰德先生坚定地说道。

菲利克斯跳了起来，拇指握着调色板，流露出极其不满的情绪。“那是因为我在挥洒红色颜料的时候，让你一直站着！我求了上千回了！你看到艺术让人脾气坏起来，你单独一个人在那里是再正常不过的了。我也并不是说让你一个人一直站着。你看到柱廊周边摆的都是乡土风格的椅子，尽管我警告了你别出现在错误的地方。我刚刚想画黄昏呢，从来没有见过如此不同的火烧云。这看上去就像天国的火焰，是不是？如果你真的搞布道，我认为身为神学家，去点火是你的职分。好让我这个不虔诚的艺术家能够安心自在地画上几笔！”

布兰德先生向来认为菲利克斯·扬有点放肆，但是现在这个情形在布兰德先生看来似乎菲利克斯的放肆太过火，有必要做出特别解释，甚至有必要道歉。必须要说明的是，两人碰面之后，这样做是自然而然的事。菲利克斯一向坚定认为他的生活方式和待人接物仅仅是传达他好灵感和好意愿的媒介，他承认这是刻意设计，为的是动用一切谈吐的艺术。但是他远非要冒犯访客，很快菲利克斯就问布兰德先生到底对年轻的神职人员而言，什么样的客套话最为合适，菲利克斯准备赔个礼。“你今天有没有在布道里用上最上手的讲道辞？”菲利克斯放下调色板，接着问道。这并不是菲利克斯尝试去想的，但是这样做是可以容忍的权宜之计。

布兰德先生皱了皱眉头——作为一名眉毛非常清秀柔软的人，他最大限度地皱眉，从眉毛下面可以看到非常和善冷静的眼神。“没有，我今天没有任何讲道。难道你让我来这里，是为了问这个？”

菲利克斯看到布兰德先生被惹怒了，他立刻后悔起来，但是他最后不怕自己与布兰德先生搞得很僵。菲利克斯看着布兰德先生，笑着把手放到布兰德先生的手臂上。“不，不，不是这个原因。我想问你一些事情，我还想告诉你一些事情。我想你会对此很感兴趣的。只是咱们最好回到我的小画室——因为有些事情太私密了。我屋子里的窗户是朝西开的，我们仍然可以看到黄昏，*我们走*！”菲利克斯轻轻地拍了拍布兰德先生的手臂。

菲利克斯开了道，布兰德先生半推半就地跟了过去。黄昏点亮了画室，但是正对着西边窗户的墙壁泛起了一阵深粉色。玫瑰色的墙壁上挂着大量速写和未完成的油画，房间的角落又破又脏。菲利克斯请求布兰德先生坐下来，画家向牧师打量了一番，“看在朱庇特的面子上，你瞧这有多好！” 菲利克斯说道，但是布兰德先生就是不愿意坐下来，他倚在窗前，想着菲利克斯到底在求他什么。在墙壁黑暗的阴影里，他看到三四张让他惊为天人的画作。这些画作似乎都是裸体画像。菲利克斯站在旁边，稍微弯头，眼睛注视着访客，一边大笑，一边拉着胡子。布兰德隐隐约约感到不自在。“我说的这件事非常敏感。”菲利克斯开始说道，“但是我考虑很长很长时间了。”

“有话请直说。”布兰德先生说道。

“你要明白，因为你是个牧师。”菲利克斯接着说道，“我认为这件事不应该对俗人说。”

布兰德先生沉默了一会儿。“如果这个问题让人陷入窘境，或是让人在问的时候感到很烦，恐怕我是个俗人。”

“我最好最好的朋友啊！”菲利克斯说道，“这不是在问，这是一项福利——一桩了不得的服务！你会爱死它的。不过就是太敏感了！”在微弱的光芒中，菲利克斯继续露出深意重重的微笑。“你要明白我对自己的表姐妹——夏洛特 · 温特沃斯和格特鲁德 · 温特沃斯非常感兴趣。我大老远五千英里过来，很明显就是来看她们的。”布兰德先生一言不发，菲利克斯继续说：“作为一名地地道道的外邦人，我来到她们的社交圈里，这些给我留下了大量新印象，这些印象新鲜感十足，让人激情澎湃。你知道我说的是什么吗？”

“我不知道你在讲什么，但是我愿意听你一直讲下去。”

“我认为看到的这些印象总是有股新鲜感。”布兰德先生的逗乐者说道，“但是在这个场合下，可能很自然而然的是——就跟我从屋外来到屋内的时候说的那样——你无动于衷的事物，我会特别注意。接着我让姐姐帮了帮我，她实在是世界上最会观察的女人了。”

“我一点都不惊奇。”布兰德先生说道，“在我们的小圈子里，两个睿智的人通过观察应该能发现食物，我很确信这点，后来我自己也发现了。”

“啊，但是我还会继续让你震惊的！”菲利克斯笑着说道，“我和姐姐都对表妹格特鲁德很感兴趣。”

“你的表妹格特鲁德？”布兰德先生重复道。

“第一眼看见的时候我就爱上她了！”

“你和格特鲁德好上了？”布兰德先生嘀咕道。

“*仙女*！”菲利克斯说道，“她太有魅力了，尤金尼亚对此印象十分深刻。”布兰德先生站了起来瞪着眼睛，菲利克斯继续演讲：“你要明白爱情，就得睁开眼睛看看，我们察觉出了问题。夏洛特不快乐，她也在怀春。”菲利克斯走近些，再次把手放在同伴的手臂上。

布兰德先生似乎被吸引了，看着菲利克斯，但是这个年轻的牧师保持着足够的自律，以严肃的态度说：“她并没有爱上你。”

菲利克斯轻轻一笑，就像航海家在航行中感到一阵风那样快意地回复：“啊，不，如果她不爱我，我是应该知道的！我可没你那样盲目。”

“像我那样？”

“我的好先生，你也太没眼力了。可怜的夏洛特爱你爱得死去活来！”

布兰德先生沉默了一下，呼吸有点沉重。“难道这就是你想对我说的？”他问道。

“这三周以来我就想说这点。我告诉你，因为后来她的情况更加糟糕了。”菲利克斯补充道，“这事非常敏感。”

“哎哟，先生。”布兰德先生开始说话了，“嗯，先生。”

“我敢打包票你不知道。”菲利克斯继续说道，“但是难道你没发现吗——我一提出来——所有事情是怎么解释的？”布兰德先生没有回答，他找到一张椅子，轻轻地坐下去。菲利克斯能够看到布兰德先生脸上涨得红红的，刚才的那段时间布兰德先生还直视着菲利克斯，但是现在布兰德的眼不敢正面看菲利克斯了。最重要的结果就是布兰德先生听到的一切已经让他出离愤怒了。“当然了。”菲利克斯说道，“我没提出任何建议，要我给你提建议，那我是不够格的。但是我认为这个事实没有任何可怀疑的。”

布兰德先生看着地面出神了很长一段时间，他现在百感交集。站在一旁的菲利克斯很清楚其中一种情感就是布兰德先生被事实震得不轻。无辜的年轻人全然无视可怜的夏洛特潜藏在内心中的爱火。这让菲利克斯看到了极大的希望，他确信布兰德先生会受到极大的恭维。菲利克斯认为牧师太过表里如一，事实也确实如此。布兰德先生既不能受刺激，也不能驱散他现在受到的刺激。“我真的不知道该怎么办。”布兰德先生最后说话了，不敢抬头正视对方。菲利克斯惊讶的是布兰德先生没有任何反驳和抗拒就很快承认了事实。不用说菲利克斯激起了布兰德先生一连串的记忆——往事如被光照一样显现。布兰德先生的眼睛里闪过一轮美丽的火花，他的第二份情感就是虚荣的满足。

“谢谢你这样对我说。”菲利克斯回答道，“知道这点太好了。”

“我不敢确信。”布兰德先生说道。

“啊，别让她烦恼了！”菲利克斯轻轻地说道。

“你真的要对我提建议，是吗？”布兰德先生抬头问道。

“我鼓励你！”菲利克斯笑着说道。起初他认为访客十分动心，但是他现在看到访客有点令人啼笑皆非。

“你自己对这个感兴趣，你已经干涉我了。”年轻的牧师接着说道。

菲利克斯仍然站在那里微笑。小房间变得更暗了，猩红色的光线退去了。但是布兰德先生可以清楚看到菲利克斯的脸。“我不会假装不知道你的意思。”菲利克斯最后说道，“但是我确实没有干涉你。你没有失去另外一个人，你什么也没有损失。想想你已经得到的！”

“似乎我在这两方面都是个明智的判断者。”布兰德先生起了身，握着帽子边沿，掩住嘴，在昏暗的光线中看着菲利克斯。

“你已经幻灭了！”菲利克斯说道。

“你说的幻灭是？”

“这是你应该清楚的真相——你从来没有真正搞明白——那就是格特鲁德·温特沃斯。这要取决于情况。”菲利克斯继续说道，“我到现在还不了解她，但是我没有幻想，我并不假装自己了解。”

布兰德先生透过帽子，一直盯着他。“她的天性一向透明得表里如一。”布兰德严肃地说道。

“她的天性一直混沌得让人捉摸不透，她在等待试金石，但是她现在开始苏醒了。”

“别在我面前夸她！”布拉德先生声音略带颤抖地说道，“如果你比我近水楼台先得月，这就很不慷慨仗义了。”

“我的好先生，我被慷慨仗义吓怕了！”菲利克斯说道，“我不是在夸我的表妹。我就是简简单单对她做个科学定性。她不关心形而上学的抽象内容。现在我对她的看法跟你想的完全不一样——这是由你的思维逻辑基础决定的。格特鲁德极其钟情具体实在的东西，我也关心具象事物。但是格特鲁德这方面的倾向比我重得多，她这方面甩我几十条街。”

布兰德先生朝着自己的帽子看了一会儿说：“这是最有趣的天性。”

“事实确实如此。”菲利克斯说道，“但是情况就像——情况就像——一匹狂奔的野马。现在我觉得自己的心情就像这匹马。如果我被扔出车外，也没有大事。但是布兰德先生，如果你被扔出去了。”菲利克斯停了一下，“另外一个人也会在事故中受伤。”

“另外一个人指谁？”

“夏洛特·温特沃斯！”

布兰德先生斜着眼，不信任地看了看菲利克斯，他的眼睛缓缓地游移到天花板。菲利克斯确信布兰德先生内心被这种浪漫情缘震撼得不轻。“我认为这跟我的事情无关。”年轻的牧师低声说道。

“可能跟我无关，但是绝对跟你有关！”

布兰德先生仍然迟疑，眼睛望着天花板，很明显他有话想说。“格特鲁德小姐很强硬，你这话当何讲？”他突然问道。

“嗯。”菲利克斯略有沉思地说，“我的意思是说她非常非常淡定，格特鲁德小姐等了很多年了，甚至到了现在她可能还这样。她知道怎样去等待，她有自己的意图。这就是我为什么说她强硬的原因。”

“但是你说她有意图，是什么意思？”

“嗯——意图看看世界！”

布兰德先生再次斜眼看着告密者，但是一句话没说。最后他转身，做出要走的样子。然而他似乎不知所措，因为他没有走出门，而是移到了房屋的另一个角落。菲利克斯站起来，看了布兰德先生一会儿——几乎是在幽暗中摸索。接着菲利克斯领着布兰德先生回到了大门，以温柔友好的动作致意。“你要说的就这些了？”布兰德先生问道。

“没错，就这些了——但是这可得好好思量一番。”

菲利克斯陪着布兰德先生到了花园门口，目送他归去，在越来越深厚的暮色里，布兰德先生脚步很慢，松松垮垮，但是踩地很用力，试图矫正自己的步伐。“这人是受虐了，受刺激了，晕得迷迷糊糊，困惑得不行的——还有些着魔了！”菲利克斯自己心里这样想，“真是个极大的混合。”

第十一章

本书早先段落里讲述了明斯特夫人拜访过阿克顿太太一事，这之后两人的交情既谈不上亲密也谈不上频繁。这并非阿克顿太太不欣赏明斯特夫人的魅力，相反，她对于这位访客的谈吐和举止评价极高。波士顿交际圈的众人谈起阿克顿太太来，说老人家非常“较真”，她给众多来访者留下了十分深刻的印象。健康问题限制了她的移动，这也是为什么她接待访客的时候总是坐在轮椅上，而且只接待极少的客人，甚至对最熟悉的当地老朋友也不例外。她不得不找一位女士看门，限制访客人数，那位女士的衣服和谈吐激起了阿克顿太太的想象（阿克顿太太的想象力总是惊人的），让老太太联想起了自己所读书中最扣人心弦的历史时期。但是她送给女男爵一大笔古雅精致的字书，还从花园里摘来好大几束花和几大篮水果。菲利克斯吃了水果，女男爵布置了鲜花，退回了花篮和字书。就在上文谈到那个下雨的周日，尤金尼亚决定对这位仁慈的老人做个“*告别回访*”，对女男爵本人而言，这位老人值得这样做。要注意的是，女男爵既没在周日清晨也不在周一上午接待罗伯特·阿克顿。在阿克顿自己的意识里，很明显他“在回避”；到了女男爵那一边，也正在回避舅舅。当时人们还没有设计出专门的卡片来传达歉意，所以这几天无论在哪里，菲利克斯总是充当有人缺席时表达道歉和遗憾的不尴尬的传信员的角色。温特沃斯先生和他的女儿尊重尤金尼亚隐居的决定，似乎在他们看来，神秘隐居生活的某些间隙是非凡生活优雅合拍节奏中自然而然的组成部分。格特鲁德尤其庆祝这段日子，她想知道明斯特夫人是不是也在这段时间庆祝，但是格特鲁德本人不会允许自己对别人的私事太过关心。

连续下雨清新了空气，十二个小时的光照晒干了路面。所以女男爵在下午晚些时分计划到阿克顿太太的家，甘愿自己忍受极大的不便。在果园高悬的浓密树枝下，路面草地的边缘，女男爵一路走来，步态娉婷，她抬脚高低起伏，错落有致，走过安静的时光，走过安静的地方，走过盛夏之后丰盛的果实，她甚至感受到一种奢侈的忧郁。女男爵每到一处就流露出温婉的柔弱，现在怀着即将别离的愿景，面对西部世界这片郁郁葱葱的角落，她突然柔软的心扉被触动了，黄昏何其壮丽，人民何其淳朴。阿克顿太太能够接待女男爵，但是一走进老太太香气四溢的宽敞房间，女男爵发现老人看上去面色病相太重。她皮肤极其白皙、透明，坐在鲜花装饰的轮椅上，无意移动身子。但是女男爵认为她的脸就像少女一样泛起了红晕，老太太向访客睁开了明亮、充满笑意的眼睛。她的声音很低，单调无味，就好像从来没有表达过任何人类的情感一样。

“我过来是向您老人家道别的。”尤金尼亚说道，“我很快就要走了。”

“什么时候走？”

“很快——说不定哪天。”

“我很遗憾。”阿克顿太太说，“我希望你能一直待下来——一直待下来。”

“一直？”尤金尼亚问道。

“嗯，我的意思是长期待下去。”阿克顿太太用她微弱但甜美的声音说道，“他们对我说你待的地方非常舒服——你有一间漂亮精致的小房子。”

尤金尼亚瞪大眼睛——女男爵笑了笑，她想到了自己可怜的小木屋，在疑惑到底这位女主人是不是在和她开玩笑。“是的，我的房子是很精致。”她说道，“尽管跟您的没法比。”

“我的儿子特别喜欢见你。”阿克顿太太补充道，“我怕的是儿子会想你。”

“啊，我的好*阿姨*。”尤金尼亚略带微笑地说道，“我不能因迁就您的儿子而留在美国！”

“你喜不喜欢美国？”

女男爵看着自己裙子的前方。“要是我喜欢美国——那可不是为了您的儿子而留在这里的！”

阿克顿太太以沉静而温和的眼神看着她，仿佛老人家并没有十分明白。女男爵最终发现了主人甜蜜而温柔的目光中透出的怒气。如果某人对年长体弱的尊者没有一丝怜悯之心，她可能早就任性地管老人家叫傻瓜了。“我怕的就是，以后再也无缘相见。”阿克顿太太说道，“你知道我是个半截入土的老人了。”

“啊！我的好*阿姨*。”尤金尼亚低声说道。

“我希望自己的子女能够健康快乐。女儿可能要嫁给她的表哥了。”

“这两个年轻人太有意思了。”女男爵随便应付道，她并没有认真考虑克利福德·温特沃斯。

“对自己大限将至，我感到很淡定。”阿克顿太太继续说道，“来得太突然，太确定了。”她停顿了一下，和蔼的眼神一直停留在尤金尼亚身上。

女男爵很忌讳提到跟死亡相关的字眼，但是即便在阿克顿老太太认定如此急迫的关头，她还能保持优雅的风度。“啊！*阿姨*，您真是个迷人的老太太。”她回答道。

但是这话语中的圆滑明显在东道主面前失去了作用，老人家以低沉而理性的声音说：“我希望离开世界的时候，子女都能活得明白舒服。依我看，你在这里似乎一直都很快乐——正如你本人一般。所以我恳求你能留在这里。这对罗伯特好。”

尤金尼亚搞不明白老人家说“对罗伯特好”究竟指的是什么意思，但是她感到自己可能永远不会彻底明白老太太的潜台词。女男爵起了身，她怕的是阿克顿太太又在唠叨自己已半截入土。“再见，我的好*阿姨*。”她说道，“我必定会记住你的宝贵力量，你也多保重身体。”

阿克顿太太握着女男爵的手，停留片刻。“嗯，你在这里待得很愉快，是不是？你跟我们所有人都一样，是不是？我希望你能留在这里。”她补充道，“待在你的精致小房子里。”

老人家告诉尤金尼亚她的客厅安排在大厅内，让女男爵从那下楼，但是老人家住处大门外楼梯间的过渡平台空无一人，尤金尼亚站在那里一直在找地方。她感到自己受到了冒犯，垂垂老矣的长者并没有“*幸福的手*”。

她缓缓地走下楼梯，仍然张望着。宽阔的楼梯有一处大转弯，转角处往西可以看到一处高窗和一把深凳子，一盆盆中国青花瓷古董盛放着花朵，点缀着窗子。下午黄色的阳光透过花朵照进室内，在墙壁下半部分打上斑点。尤金尼亚停了一下，这栋房子安静得出奇，除了某处一座大钟滴滴答答地响着。大厅的底端在楼梯尽头延展开来，被一块大型东方风格的地毯半遮着。“*多好啊！*”她心里这样想。此处有如此巨大的一片无瑕疵的存在，似乎对她有所暗示。她接着想起来阿克顿夫人将要很快从这里离开，刚才萦绕在脑海中的想法一直伴随着她走完剩下的楼梯。

女男爵一路走走停停，观察更多细节。大厅极其宽畅，正门前两边各安有一扇深深嵌入的宽窗，投下房间一切物品的影子。中式高背扶手椅沿着墙壁一字排开，桌上摆着大型东方风格的花瓶，墙壁另一边一处大柜子安装着玻璃门，里面陈列着小巧的古玩，闪着微光。走廊深处、图书室和餐厅的门敞开。看上去所有的房屋都空荡荡的。尤金尼亚一路走来，在每个房间的入口处停留了一段时间。“*多美啊*！”她再次喃喃地说。女男爵当初决定来美国的时候，就想过这样的房子。她自己打开了前门，脚步太轻，没有引来任何仆人，她站在门口回望了最后一眼。

到了屋外，她仍然沉浸在奇思妙想中，所以她没有沿着小车道来到大门，而是去了房屋右侧的花园漫步。在草坪上没走几步远，就立刻停下了脚步，女男爵感到有个绅士正在树下平坦的草地上走过。绅士没有察觉到女男爵的到来，他一动不动地背靠地平躺着，双手插在脑后，仰望天空。女男爵于是有暇寻思绅士的身份。这是一个最近一直萦绕在她脑海里的人，但是女男爵第一反应是转身就走，她最不想做的事就是看到罗伯特·阿克顿出现。然而草地上的绅士根本没有给女男爵任何思考的余地，他不可能长期对美好异性的存在熟视无睹。绅士眼睛翻转回来，瞪着女男爵，发出警告，接着跳了起来。他立刻站起来看着女男爵。

“原谅我姿势不雅观。”他说道。

“我刚才没觉得不雅观。但是要是你摆出不妥的样子，别想像我看到你的样子。”

“小心。”阿克顿回答道，“你到底是怎么想我的？我在想着你呢。”

“满是极致乐趣的工作！”女男爵说道，“当你在一个不雅观的位置对一位女士想入非非时。”

“我没说我在胡思乱想！”阿克顿笑着声称。

女男爵看着阿克顿，然后转身就走。

“尽管我并没有过来看你。”她说道，“记住，至少我是在你家大门内的。”

“我很高兴——我太荣幸了！你有没有进过房子内部呢？”

“我刚走出来，我拜访了你母亲，刚刚和她道别。”

“道别？”阿克顿问道。

“我要走了。”女男爵说道，接着再次转身，仿佛真的要走了。

“你什么时候走？”阿克顿站在那里，问道。

“我走这条路是来看你的花园。”她走过草地，走向大门，说道，“但是我肯定要走。”

“至少让我跟你一起走。”阿克顿跟上了女男爵。两人一言不发，一直走到门口。大门敞开，他们看了一下脚下被长长树荫遮蔽的路面。“难道你非得直接回国不成？”阿克顿问道。

女男爵没有回答，过了一会儿，她才发话：“你为什么不过来看我呢？”阿克顿一句话没说，女男爵接着继续说：“你为什么不回答我？”

“我正想着答案呢。”阿克顿坦白道。

“那你就没有现成的？”

“现在我可以跟你说了。”他说道，“但是让我先和你一起走。”

“你愿意跟我走，就来吧。”

她沿路缓缓而行，阿克顿跟着她。这时他说了一句：“如果我按着自己的性子来，早就去看你好几回了。”

“这就是你想出来的答案？”尤金尼亚问道。

“不，我本来就是这样想的。我跟你保持距离是因为——”

“啊，来了理由了，然后呢！”

“因为我希望为你考虑。”

“因为你想一躺了之！”女男爵说道，“我看到过你躺着的样子——几乎就在我的客厅里。”

阿克顿停下了脚步，摆出的动作似乎是请求女男爵慢点走路。她停了下来，阿克顿看了女男爵一下，觉得女男爵魅力逼人。“你开玩笑呢。”他说道，“但是如果你真要走了，这事就非常严重了。”

“如果我留在这里。”女男爵微微一笑，“那不是更严重了！”

“你什么时候走？”

“越快越好。”

“为什么呢？”

“凭什么让我留在这里？”

“因为我们都爱死你了。”

“这算不上理由。在欧洲我也受到爱戴。”女男爵接着又往家的方向走。

“那我该说些什么来留住你呢？”阿克顿问道。他希望留住女男爵，事实上阿克顿想着女男爵已经有一周了。他现在爱着尤金尼亚，他也意识到这点，或者说他就是这样认为的，唯一的问题就是他能否信任对方。

“你能说出什么来留住我？”她重复道，“因为我太想走了，也没心思去告诉你。除此之外，我无法想象。”

阿克顿和女男爵在沉默中继续前行。比起女男爵的表情来，阿克顿受到她话语的感染更为强烈。他从纽波特刚回到家的那天夜里，女男爵的形象就有股魔力，搅扰着他。克利福德·温特沃斯对阿克顿说的话，也对他起了反向影响，但是阿克顿被女男爵的魅力迷得神魂颠倒，克利福德无法让阿克顿摆脱她的影响。“她不诚实，她不诚实。”他心里一直对自己反复这样说。这也是十分钟之前他对着夏日的天空眺望时自言自语的内容。不幸的是，他最终没有坚定地说出口。既然阿克顿离女男爵很近了，这个可能性似乎出奇地低了。“她是个撒了谎的女人。”他这样对自己说。现在一路走来，他这样提醒自己牢记对这位女性的观察，但是这招不再像以前那么奏效了。阿克顿近乎希望自己能够让女男爵撒谎，然后再让她坐实自己撒谎，这样他就可以看到自己多么喜欢那种情况。女男爵以轻快靓丽的脚步前进时，阿克顿一边跟着女男爵走，一边脑中不断想事情。阿克顿之前曾经跟女男爵坐在一起，也曾经和她共处一辆马车，但是之前从来没有和她在一起走路。

“我的天，她*大概*是怎样的啊！”阿克顿一边在旁观察，一边想道。两人走到果园中的小木屋时，女男爵走过大门，没有让阿克顿跟进，但是她转身，向站在门口的阿克顿道声晚安。

“那天夜里我问过你问题，你没回答。”他说道，“你把文件送出去——恢复自由身了吗？”

她很自然而然地犹豫了一下，简简单单地说道：“是的。”

阿克顿转过身，在思量如何为他的谎言找个借口。但是这天夜里他再次见到了女男爵，因为她出现在舅舅的家里。然而两人并没有谈话。两名绅士乘着轻便马车从波士顿出发，拜访温特沃斯先生和他的女儿，对两名访客而言，明斯特夫人是非常让人感兴趣的拜访对象。实际上其中一人没有对女男爵说一句话，无论女男爵在什么时候停下来看他，他都只是坐下来极其认真地观察，郑重其事地挪动身体往前倚，竖起耳朵（耳朵非常大），仿佛自己就是个聋人。很明显他被女男爵坎坷的遭遇感动了，一直没有笑。而他的同伴态度更为轻松自在，尽可能坐在女男爵旁边，试图引导女男爵多说几句，想着每隔几分钟谈出新的话题。尤金尼亚声名显赫，谈话者希望她能多谈些欧洲和美国制度、机构和风俗的优缺点。但是相对于名声，她这次对听者的反应没有以往那样积极热烈，说的也比以前的谈话少得多。不过女男爵接

触不到罗伯特 · 阿克顿。阿克顿双手插进口袋，在走廊漫步，听着波士顿来的小马车传出的嘶嘶声。但是听了半天，没听出所以然，最后失去了耐心。妹妹走到他身前，央求哥哥带她回家，于是阿克顿跟着她一同回去。尤金尼亚看到阿克顿正在陪着丽兹离开别墅，阿克顿有很多可贵品质，按照她现在的心绪，这个事实更加让女男爵气恼地承认这点。“甚至连这个一*点教养都没有*的小姑娘。”她想道，“都能让阿克顿对她俯首帖耳。”

一排长窗朝着走廊敞开窗门，女男爵坐在其中一扇窗户旁，但是阿克顿一离开，她就站了起来，此时波士顿来的健谈绅士正在询问女男爵关于对波士顿“道德腔调”的问题。在柱廊她与从房屋另一边走出来的克利福德 · 温特沃斯邂逅。女男爵让他停住了脚步，她告诉克利福德自己想和他说说话。

“你为什么不和你的表哥一起回家？”她问道。

克利福德瞪起眼睛。“为什么呢，罗伯特已经带她走了。”他说道。

“确实如此。但是你通常是不离开他左右的。”

“哦。”克利福德说道，“我想为这些先生送行。他们不知道坐马车往哪里走。”

“那么，你是不是和表哥吵起来了？”

克利福德想了一下，接着表现出来的简单率真让女男爵大为困惑：“哦，不是的，我们和好了。”

女男爵朝着克利福德看了几眼，但是克利福德开始害怕起女男爵的脸色了，他现在极力拉开两人的距离。“你为什么后来再也没来看我了？”她问道。“我让你觉得不开心了？”

“让我觉得不开心？哦，我不是这样想的！”克利福德笑着说道。

“那你为什么不来呢？”

“嗯，因为我怕被封起嘴巴关在密室里。”克利福德看到尤金尼亚一直看着他，接着说道，“我想你应该是那个样子的。”

“我是这个样子的，如果我是个小伙子，面对一个迷人的女性也是这样表现的。”

“我在密室里禁言，给我扔一个惊艳的女人对我也没有用啊！”

“我怕的就是在任何地方，我都对你没有大用！”明斯特夫人说道，“你要明白我是受到怎样的教育的。”

“嗯。”克利福德观察了一下，然后回复道，“那边来马车了。”

“别理这些。你知道我要走吗？”

“你说是现在？”

“我的意思是说这几天走，我要离开这个地方。”

“你要回欧洲了？”

“回欧洲，也就是你过去要看我的地方。”

“哦，好的好的，我会去那里的。”克利福德说道。

“但是在此之前。”尤金尼亚说道，“你必须多来我这里看看我。”

“嗯，我会躲开那个密室的！”这个天真单纯的亲戚说道。

女男爵沉默了一下。“好的，你必须公开过来——放胆过来。这样更好，我现在就要这样。”

“明白了！”克利福德说道，接着又迅速说，“那辆马车出了什么问题？”马车驶到柱廊处时，耳朵敏感的克利福德听到车轮发出不自然的响声，他急忙跑过去察看。

女男爵一个人孤零零径直朝着家的方向走去，自问自想，难道她要一无所获——难道要空手而归吗？

格特鲁德·温特沃斯在社交圈里对这两位波士顿的绅士保持沉默。她对访客一点都不感兴趣，而是一如既往地看着明斯特夫人。她也知道尤金尼亚对访客并不感兴趣——女男爵已经对他们厌倦了。格特鲁德现在琢磨的是，女男爵如何在对旁人无视、心不在焉的情况下举手投足还能散发魅力。这也是格特鲁德希望效法的风度，她下决心培养这方面的能力，她希望获取这种能力以后可以应付未来无聊的场合。当格特鲁德沉浸在研究中时，菲利克斯·扬正在寻找夏洛特，他要对夏洛特说些话。有很长一段时间，他心里积攒了很多话想对夏洛特说，现在这天夜里他意识到了社交礼仪的节点，与夏洛特来场特殊谈话恰逢其时，这股意识已经化为急切而欣喜的欲望。他在别墅广阔的一楼里各个空屋子闲逛，有间屋子因为某种不明原因而被命名为温特沃斯的“办公室”，最后在“办公室”里他找到了夏洛特：这间屋子十分整洁，打扫得一尘不染，其中一面墙上摆满了一个书架的法学著作，每本书的书皮都由羊皮装订而成，颜色随着岁月的流逝而黯淡。在另一面墙上挂着大型美国地图，在地图侧面有拉斐尔画的众多圣母像之一的钢板雕刻画。第三面墙上有几个玻璃橱窗，陈列着蝴蝶和昆虫的标本。夏洛特坐在灯前，在给一只拖鞋绣花。菲利克斯没有问拖鞋是为谁准备的，他看到这只拖鞋非常大。

菲利克斯搬来一张椅子挨着夏洛特坐了下来，一如既往地笑着，却一言不发。夏洛特注视着菲利克斯，手中停下针线，每当菲利克斯靠近夏洛特的时候，夏洛特的神色就有些腼腆，有些心动。菲利克斯谈吐中的某些东西唤醒了她的谦卑和自觉。如果再给她一次自由选择的权利，她绝对不会让自己与菲利克斯单独在一起。事实上，尽管她认为菲利克斯是最杰出、最夺目也是最善解人意的人，但是对近距离接触的恐惧感大得超出了菲利克斯的想象，可怜的夏洛特竭力避免被菲利克斯突袭来个*面对面*谈话。面对这件似乎既不利于自己，也不利于她的异国亲戚的事情，她本来可以不予考虑的。她本来可以这样说，或者本来应该说，却从未说出口的话：她一开始就不喜欢绅士的社交圈。夏洛特也不会知道菲利克斯会从哪个话题入手，而当他开口说话的时候，他用钦佩的神情强化他的话。“我的好表妹，发现你一个人在这里，我太高兴了。”

“我经常一个人独处。”夏洛特说道，接着她补充了一句，“但我不是说自己孤单！”

“你这么知性的女士从来不会孤单的，”菲利克斯说道，“你总是与你自己的精巧做工相伴。”他瞥了一眼大拖鞋。

“我喜欢做手工。”夏洛特简简单单说道。

“我也是！”她的同伴说道，“我也喜欢一个人闲着。但是来找你可不是闲着没事。我是要跟你说些特别的。”

“嗯。”夏洛特喃喃道，“当然，如果你觉得有必要的话。”

“我的好表妹。”菲利克斯说道，“可能年轻的女士听过以后不觉得是什么大事。至少我认为大不了。但是咱们*敞开来说吧*，你做判断。我现在爱得死去活来。”

“嗯，菲利克斯。”夏洛特 · 温特沃斯小姐开始一本正经地说话了。但是她的严肃正经措辞随着句式的展开似乎略有起伏波动。

“我爱上你妹妹了，就是爱上了，夏洛特，我爱上她了！”年轻人停了下来。夏洛特把自己的手工放在膝盖上，双手紧紧地握住顶端，眼睛瞧着地板。“一句话吧，我的好姐姐，我爱上她了。”菲利克斯说道，“现在，希望你能帮帮我。”

“帮帮你？”夏洛特声音略微颤抖地问道。

“我的意思是，不是让你解决我和格特鲁德之间的问题，我和她都心有灵犀，哦，她非常理解我的心思！我的意思是说要解决你的父亲和公众舆论的看法，包括说服布兰德先生。”

“可怜的布兰德先生！”夏洛特缓缓地说，话语中透露的简单信息让菲利克斯明白：年轻的牧师并没有向温特沃斯小姐提到他与格特鲁德的事。

“啊，现在别说布兰德先生‘可怜’了！我压根就同情布兰德先生。但是我稍稍可怜你的父亲，我并不想讨他嫌。因此你能看得出来，我希望你能为我求情。你是不是认为我非常卑鄙，不是吗？”

“卑鄙？”夏洛特轻轻地说道，对她而言菲利克斯象征着人类最精彩丰富的品质。

“我并不是说自己的外表。”菲利克斯笑着回答道，因为夏洛特看着他的鞋子，“我说的是自己的举止。你不认为我这是在因着你们的好客之情疯狂蹭便宜？”

“为了——为的是关心格特鲁德？”夏洛特问道。

“是为了能够真的说出自己的诉求。因为我*已经*自己说过话了，夏洛特，我必须告诉你全部事实——我所知道的！当然我想娶她——但是这很困难。我尽最大可能克制自己很长时间了，但是她太迷人了！她是个神奇的造物，夏洛特，我相信你并不真正了解她。”夏洛特再次拿起手工，但是又再次放下了。“我认为你的父亲确实心气更高。”菲利克斯接着说道，“但是我认为你的观点和你父亲一致。你希望她能嫁给布兰德先生。”

“唉，别。”夏洛特非常真诚地说道，“布兰德先生一直爱戴着她。但是我们一点都不想要那类人。”

菲利克斯说道：“当然，你希望格特鲁德嫁人。”

“没错，但是我们不愿意强迫。”

“在*良辰吉日*！包办婚姻的后果常常不堪设想，你知道这有多危险。”

“哦，菲利克斯。”夏洛特说道，“我们可不希望‘包办’。”

“我很高兴能听到这点。因为在这样的情况下——甚至当这个女性是真正全然美善的造物时——她也不得不求助于补偿。一个帅小伙就过来了——*就在这里*！”夏洛特坐着一言不发，直直盯着地板，菲利克斯又及时加了一句，“你穿着拖鞋走走看，我想看你的作品。”

夏洛特拿起她那色彩斑斓的画布，开始在大大的玫瑰花朵上画些蓝色的缝纫线。“如果格特鲁德如此——如此特别。”她说道，“你为什么还要娶她？”

“啊，是这样的，我的夏洛特！我喜欢奇怪的女性，总是喜欢她们。你问问尤金尼亚！格特鲁德太出众了，她总是说出最漂亮的东西来！”

夏洛特几乎第一次正眼看着他，仿佛她的意味有些深长。“你对她影响很大。”

“说的也对也不对！”菲利克斯说道，“我认为起初我对她影响很大，但是现在影响不及原来的一半了。影响是相互的。她对我影响太强了——因为她太强势了。我不认为你了解她。她的天性如此美好。”

“啊，没错，菲利克斯，我一直觉得格特鲁德的天性很好啊。”

“嗯，如果你现在是这样想的。”年轻人说道，“等着瞧！她就是一朵含苞待放的花，让我从母树摘下来，你会看到她这朵花开放的。我确信你会喜欢上的。”

“我不理解你的话。”夏洛特喃喃道，“我不能理解，菲利克斯。”

“嗯，你能理解这点——我求你在你父亲面前为我美言几句。我当然知道他把我当成轻浮之徒、波西米亚浪荡客、反复无常之辈。对他说我不是这样的人。如果我曾经是，现在我已经弃绝旧我。我喜欢享乐——这点没错，但是喜欢享受的是无罪的乐趣。天下的痛苦归于一处，但是世间的快乐各有各的不同，这点你很清楚。告诉你父亲，格特鲁德是没有开放的花朵，我是个正人君子。”

夏洛特从椅子上起身，缓缓地卷起她的手工作品。“我们都知道你对所有人而言都非常和善，菲利克斯。”她说道，“但是我们都对布兰德先生非常愧疚。”

“当然你们会愧疚——尤其是你！因为——”菲利克斯猛地抢了一句，“你是女性，但是我不怜悯他。你对他感兴趣，对任何男人而言，也就够了。”

“但这对布兰德先生而言远远不够。”夏洛特简短说道。她站在那里一会儿，仿佛在有意等待着菲利克斯可能说出来的任何其他话。

“布兰德先生并不像他曾经那样对婚姻热心。”菲利克斯赶紧说了一句，“他怕你的妹妹。布兰德先生开始认为她是邪恶的。”

夏洛特用她那含情脉脉的漂亮眼睛看着菲利克斯——菲利克斯看到眼泪在她眼里打转。“哎呀，菲利克斯，菲利克斯！”她哭道，“你到底对格特鲁德做了什么？”

“我认为她在睡觉，我已经唤醒她了！”

但是很明显，夏洛特真的在哭。她径直走出房间。菲利克斯站在一旁沉思，很明显他从夏洛特的眼泪中获得满意是一种残忍。

夜里晚些时候，沉默不语、神情焦急的格特鲁德在花园与菲利克斯相见，这是一次约会。格特鲁德似乎很喜欢约会。她摘取一束天芥菜，插在裙子前面，但是她一言不发。他们沿着其中一条花园小径散步，菲利克斯看着宏伟又不失好客之情的方形别墅，别墅在星光的掩映下依稀可见，窗户一片漆黑。

“我有种不好的预感。”他说道，“除非我等到你父亲的准许，否则我不应该以这种方式跟你见面。”

格特鲁德看着他一会儿说：“我不明白你的意思。”

“你经常提到这点。”他说道，“想想我们彼此间多么不了解对方，我们能在一起就是个奇迹。”

“我们之间没有任何共同点，但是你一来到这里，我们就相遇——单独相遇。第一次见到你的时候，我们就是两个人单独在一起的。”格特鲁德继续说道，“现在有什么不同？因为是在夜里？”

“说到不同，格特鲁德。”菲利克斯停下了脚步，说道，“不同就在于我更爱你了——相比以往时候更爱你了！”接着他们站在房门紧闭的漆黑别墅前，在一片温暖的沉静中开始谈话。“我跟夏洛特谈过这事——试着让她代替我向你父亲说话。她有种严肃的倔强，难道真的有女性像她那样一根筋地要砍下自己的脑袋？”

“你看得太仔细了。”格特鲁德说道，“你老练得太像一名外交官了。”

“嗯。”年轻人说道，“我在这里不是想惹得任何一个人不愉快！”

格特鲁德在芬芳四溢的黑暗里，看了她周围的事物一会儿。“我会做任何你喜欢的事情的。”她说道。

“比如说？”菲利克斯笑着问道。

“我会离开，做任何你喜欢的事情。”

菲利克斯以严肃的钦佩之情看着她。“没错，我们会离开。”他说道，“但是我们首先得确保平安。”

格特鲁德再次看了看四周，接着她热切地爆发起来了：“他们为什么让人感觉自己有罪？为什么他们觉得这件事很为难？为什么他们就不能理解呢？”

“我会让他们理解的！”菲利克斯说着，把格特鲁德的手放在自己的手臂上。他们在花园漫步，谈话，持续了一个小时。

第十二章

菲利克斯给了夏洛特时间，让夏洛特为他在舅舅那求情，到了第三天他便可与舅舅谈话。当时是清晨，温特沃斯先生待在他的办公室内，菲利克斯一进房门，就发现夏洛特此刻正与她父亲开会。事实上她与菲利克斯谈话后就不曾偏离左右，夏洛特下定决心，原封不动按字面转达表弟热切的请求是她义不容辞的责任。因此如影随形跟着温特沃斯先生，为的就是自己能够在十分冷静谈话时可以就近找到老人家。但是对可怜的夏洛特而言，谈论此事本来就自然地难以保持镇静，尤其是她想起菲利克斯的一些暗示时更是如此。这绝非一件舒心的工作，充其量也就是某人因为自己偷食禁果，诞下可怜的私生子，在子嗣去世后少让几个钉子钉在将要入土的棺材上而已。这项工作再惬意，事实上每个人噩梦中的阴魂都会因为这位年轻外邦人大放厥词而从黑夜中飞出来。菲利克斯说布兰德先生并不热心，究竟为何意？就夏洛特本人而言，妹妹的追求者只是情绪十分低落，绝无一丝一毫奉承之意。夏洛特听到布兰德先生有时私下里可能被人奉承，刚听到这点全身散了架。为了能在向父亲复述菲利克斯的话语时更有力度，她一直等着自己恢复到十分平静的状态后才让自己反复回想菲利克斯教给她的话。但是现在开始对温特沃斯先生讲话时，夏洛特感到十分紧张。就在菲利克斯走进房间的时候，夏洛特为了能够理清讲话的思路，便列举各种让她感到紧张的事物。

温特沃斯先生双腿交叉坐在一旁，对来自波士顿的“公关员”摆起毫无表情的脸。菲利克斯笑着走进屋，仿佛有什么特别的话要说出口。舅舅看着菲利克斯，似乎既希望又不愿意这件事发生。菲利克斯动情地说自己在舅舅面前成了可怕的人物，从来没用正经语言表达过明确观点。正如我所言，温特沃斯先生平生第一次逃避了责任，他真的希望自己不要承担责任，去定夺如何处置外甥微不足道的建议。温特沃斯先生害怕的是菲利克斯可以引诱他赞同这个结局未卜的论调，清醒的意识告诉老人家最好的戒备方式就是对该事不予讨论。温特沃斯先生希望外甥愉快的旅途最终能够毫无闪失，圆满收场。

菲利克斯以理解的神情看着夏洛特，接着目光转向温特沃斯先生，再接着转向夏洛特。温特沃斯先生朝外甥皱起了眉毛，翻开了“公关员”的第一页。“我应该买束花。”菲利克斯笑着说道，“在法国人们总是这样做的。”

“咱们这儿又不是法国。”温特沃斯先生一本正经地回答道。夏洛特热情地看着老人家。

“别，幸运的是，我们不在法国，要不然在那里我的日子要难熬了。亲爱的夏洛特，你有没有要求过那种精致的服务？”菲利克斯向她弯腰，好似某人在他面前。

夏洛特以几乎被彻底吓呆的眼神看着菲利克斯，温特沃斯先生认为这可能会拉开一场谈话。“买花束为的是什么？”他以拒绝的方式试探道。

菲利克斯看了看老人家，笑了。“*就是为了请求啊*！”接着他拉过一把椅子就座，手里拿着帽子，神情严肃。

接着他目光再次转向夏洛特。“我的好夏洛特，我可敬的夏洛特。”他喃喃道，“你有没有食言——有没有跟我对着干？”

夏洛特站起了身，身体极度颤抖，尽管表面上感觉不出来。“你必须亲自跟我父亲谈。”她说道，“我认为你有足够的能耐说服他。”

菲利克斯也站起身，他央求夏洛特不要松手。“对观众我能说得更好！”菲利克斯说道。

“我希望这中间别发生什么不愉快的事情。”温特沃斯先生说道。

“是让我感到非常棒的事情！”菲利克斯放下帽子，双手紧抱，放在膝盖之间。“我的好舅舅。”他说道，“我想，真的非常想，娶您的女儿格特鲁德。”夏洛特身子再次缓缓地瘫在椅子上。温特沃斯先生瞪大眼睛，脸上闪出一道可能从冰山折射过来的光，一言不发。菲利克斯坐了下来，双手仍然紧抱。“啊，您不喜欢这个。我怕的就是这点！”菲利克斯的脸涨得通红通红的。夏洛特注意到了这些——这让夏洛特意识到自己是第一次看到菲利克斯脸红。想到菲利克斯可能爱得深沉，她自己脸也红了起来。

“这也太突然了。”温特沃斯先生最终说道。

“您难道就没有怀疑过吗，我的好舅舅？”菲利克斯问道。“嗯，这说明我是多么慎重。是的，我想过您不会喜欢这份感情。”

“这非常严肃，菲利克斯。”温特沃斯先生说道。

“您认为这是我对你们好客之情的滥用！”菲利克斯又一次笑着说道。

“好客之情？——滥用？”舅舅慢慢地重复道。

“菲利克斯就是这样对我说的。”夏洛特老老实实地交代道。

“您想的当然在理，不必为自己辩白！”菲利克斯停了一下。“不用说，这绝对是滥用。我所能主张对自己最有利的就是这个滥用可以被原谅。我就是从头到脚彻底陷入了爱情里，任何人都对此爱莫能助。尽管您是格特鲁德的长辈，我还是认为您并不了解她有多迷人。我的好舅舅，她身上有种绝佳的特质，我可以说她是个奇怪而魅力十足的女人。”

“在我眼中她一直是我的重点关注对象。”温特沃斯先生说道，“我们一直渴望她能幸福。”

“嗯，幸福就在这儿！”菲利克斯说道，“我会让她幸福的。她也相信这一点。现在您有没有意识到这点？”

“我已经意识到她变了很多。”温特沃斯先生说道，说话时老人家面无表情，平静如水，这对菲利克斯而言是老人家深深的反对之意，“可能也只是她正在成为你所说的魅力女人。”

“格特鲁德确实是位真诚纯正的人。”夏洛特眼睛注视着父亲，非常温柔地说。

“我很高兴能听到你这样赞赏她！”菲利克斯说道。

“她的脾气非常古怪。”温特沃斯先生说道。

“嗯，这也是表扬！”菲利克斯回答道，“我知道您可能看不上我。我无产无业，不能为格特鲁德在世界上提供一份安身立命的地方。世界上的一处安身之地——她应该享受这份产业，她会得到这处地方。”

“一处让她履行职分的地方！”温特沃斯先生回答道。

“啊，她要履行职分，那是多么迷人啊！”菲利克斯一脸红光地说，“她要履行职分，这是多么美妙的概念啊！但是我的好舅舅，她确实为那个而来。”

温特沃斯先生和夏洛特都在注视着菲利克斯，仿佛看一只正在奔跑的格雷伊猎犬。

“当然在我这里，她会在一桶水里聚集起光芒。”他接着说，“我就是木桶！现在我明白您喜欢我——您当然证明了这点，但是您认为我不务正业，一文不名，又破又脏！就算事实真的如此——也确实如此——退一千步而言毋庸置疑。我是放浪形骸之徒——喜欢玩弄提琴的乐痞，捣鼓笔墨的画匠，逢场作戏的戏子。但是有些事情要在这里讲明：首先我喜欢您对我的夸大其词，您赋予了我诸多之前没有的品性。我是个波西米亚人——没错，但是在波西米亚我一直被人当成是绅士。我希望您能跟我一些老伙计见见面——他们会跟您说说的！这是我喜欢过的自由，但并非机遇！我犯的都是小罪小过。我一直尊重邻居家的产业——邻人的妻。我的好舅舅，您看到没有？”温特沃斯先生应该看到了这些，他的蓝眼睛一直紧盯着不放。“然后，*这就到头了*！一切都了结了。*我重新规矩起来了*，逐渐安定下来，发现可以自食其力，周游世界，画几张破画，感觉好极了。这不是光芒耀眼的职业，但也够体面的。您不会否认这点，对不对？周游世界，我说的没错吧？我绝对不会否认这一点，因为怕的就是自己一直这样走，一条道走到黑——随时随地寻找适合入画的怡情之景和悦目之人。当我说‘怡情悦目’这个词的时候，我是说某些人被花言巧语迷得太厉害了，爽快掏出腰包。格特鲁德明确说定自己心甘情愿和我一同散步，当我的模特。她甚至觉得这很美。这就到了我要说的第三点内容。格特鲁德喜欢我，稍稍鼓励她，她就敢告诉你。”

菲利克斯的嘴巴显然动得要比听者想象得快，他的言辞就像平静的湖面上一艘船摇来晃去，撞出一长串无声的漩涡。他又露出渴望的微笑，扬起眉毛，张开滔滔不绝的嘴，继续口若悬河，为自己求情。停下嘴巴后，他又迅速把目光从父亲瞥向女儿，自己坐在椅子上静候求情的结果。

“这并非你想要的方式。”温特沃斯先生在经过一段长时间的缄默后这样说道。

“现在您说这话非常是时候！只是别说我没有人格。因为我有自己的人格——我敢确信您也有。人格虽小，有点，但是仍然能够实在感知。”

“父亲，您不应该告诉菲利克斯，那是布兰德先生的事情。”夏洛特以极其温和的口气央求道。

“这不光是布兰德先生的事情。”温特沃斯先生严肃地说。老人家盯着自己的膝盖很长一段时间。“这很难解释清楚。”他说道，老人家当然希望这件事能够公正处理，“正如布兰德先生所言，这归根结底要从道德角度出发。问题是哪个是对格特鲁德最有利的选择。”

“哪个更好——我的好舅舅，能告诉我哪个是更好的选择吗？”菲利克斯急切地问道，站在温特沃斯先生面前，年轻人的要求愈加迫切。他的舅舅一直注视着自己的膝盖，但是当菲利克斯动了一下后，老人家把目光转到正对着自己的门把手上。“对女孩子而言，能够嫁给自己心爱的男人是再好不过的事情了。”菲利克斯说道。

菲利克斯正说话的时候，温特沃斯先生看到门把手开始转动，门打开后又稍稍半遮半掩，在菲利克斯说出刚才那段阐释天经地义的金句前一直如此。接着房门洞开，格特鲁德站在那里，她看上去很激动，甜蜜而呆滞的眼神里闪着火花。格特鲁德慢慢地、用带着几分坚定的步伐走进了屋内，轻轻地阖上了房门，看着在场的三个人。菲利克斯怀着柔情走近她，伸出自己的手。夏洛特为格特鲁德腾出了沙发的位置。但是格特鲁德双手放在身后，无意坐下。

“我们在谈论你的事情呢！”菲利克斯说道。

“我知道。”她回答道，“这也是我为什么来这里的原因。”格特鲁德目光紧盯着父亲，老人家也报之以殷切的眼神。温特沃斯先生冰冷的蓝眼睛里，透出一道理智的恳求之光。

“这事情你最好在场。”温特沃斯先生说道，“我们在讨论你的未来。”

“为什么要讨论这个？”格特鲁德问道，“这件事让我自己处理吧。”

“是的，给我处理吧！”菲利克斯说道。

“站在最后一班岗上，我把这件事交给你们好了，无论如何，你们的意见比我们的更为重要。”

菲利克斯轻轻地搓了搓额头。“但是*站*在最后一班岗上，你的父亲缺乏自信。”他对格特鲁德说道。

“难道你对菲利克斯没有信心？”格特鲁德皱着眉头，有些跟自己相关的事情父亲和夏洛特从来没有观察到。

夏洛特站起身，走到格特鲁德面前，好像要把自己的手臂放在格特鲁德身边，但是格特鲁德似乎突然害怕接触夏洛特。

然而温特沃斯先生并不害怕。“比起你来，我对菲利克斯更有信心。”他说道。

“是的，你从来没有对我抱以信心——从来没有，从来没有！我不知道为什么。”

“哎呀，我的好妹妹啊，我的好妹妹！”夏洛特喃喃道。

“你总是需要建议。”温特沃斯先生说道，“你的脾气太难让人相处了。”

“为什么你说我的脾气让人难以相处？本来我的脾气很平易近人的，如果你在这里同意的话。你不愿意让我顺其自然，但我不知道你对我的要求是什么。布兰德先生是最糟糕的选择。”

夏洛特最终抱住了妹妹。她把双手放在格特鲁德的手臂上。“他那么关心你。”说这话的时候，她的声音小得几乎听不见。

格特鲁德立刻注意到姐姐，接着吻了她。“没有，他不关心我。”格特鲁德说道。

“我从来没有见过你如此热心。”温特沃斯先生观察后道，做为长者，他愤怒的语气有所缓和。

“很抱歉，我冒犯了你。”格特鲁德说道。

“你冒犯了？但是我不认为你对此抱歉。”

“不是啊，父亲，她已经有歉意了。”夏洛特说道。

“我的好舅舅，我甚至会走得更远。”菲利克斯插了一句，“我会问问她是否真的冒犯了您。她怎能冒犯您？”

对这个问题温特沃斯先生没有立即回答，过了一段时间后他说：“她并不能像我们想象的那样获益。”

“获益？啊，*原来是这个*！”菲利克斯说道。

格特鲁德面色十分惨白，她低下了头。“我跟菲利克斯说过要和他一起走。”她当即说道。

“啊，你说了一些让人舒服的事情！”年轻人说道。

“跟他一起走，妹妹？”夏洛特问道。

“走——走，走到某个陌生的国度。”

“这会吓着你的。”菲利克斯笑着对夏洛特说道。

“去哪儿——你管那里叫什么？”格特鲁德立刻转身向菲利克斯问道，“去波西米亚。”

“你现在就要动手做准备了？”温特沃斯起身问道。

“我的好舅舅，*您在开玩笑吧*！”菲利克斯说道，“似乎对我来说还要做些准备活动。”

格特鲁德转向了她的父亲，说：“我已经获益了。你希望培养我的人格。嗯，到了这个年龄，我的人格已经养成了，我知道自己该选择什么，我决心嫁给这位绅士。”

“您最好准许这门亲事，先生。”菲利克斯非常温和地说道。

“是的，先生，你最好准许这门亲事。”另一个非常不同的声音插了进来。

夏洛特稍稍跳了起来，其他人也各自转回原来的方向。这是布兰德先生的声音，面对长廊的长窗敞开，他的声音越过长窗而来。他用手帕轻轻地拍着自己的额头，脸涨得通红通红的，挂着奇特的表情。

“是的，先生，你最好准了这门亲事。”布兰德先生重复道，一边说，一边走进屋内，“我知道格特鲁德小姐的意思。”

“我的好朋友！”菲利克斯嘀咕道，漫不经心地把手放在这位年轻牧师的手臂上。

布兰德先生看着他，接着看了看温特沃斯先生，最后转向格特鲁德，他没有看夏洛特。但夏洛特殷切的目光注视着布兰德的脸庞。他们在寻思这其中的大问题，关于这个问题的答案可能不会一蹴而就，但是现在已经有些眉目了。其中一条就是：布兰德先生的脸涨得很红，他昂首挺胸，明亮的眼睛散发着兴奋，传达出来者局促不安的无畏——从这个气氛里可以看出他下定决心解决问题，坦诚自己的失败，不是出于道德层面，而是出于自己的个人魅力和资源上面的落败。夏洛特认为布兰德先生看上去非常伟岸，布兰德先生本人也这样觉得。事实上这是他人生中最伟大的时刻，对这位高大、健硕、谦虚的年轻人而言这当然也意味着某种机遇。

“来吧，先生。”温特沃斯先生双手挥舞成波浪状手势，“你在场正合适。”

“我知道你们在谈论什么。”布兰德先生回复道，“我听到了你外甥讲的话。”

“他听了你讲的话！”菲利克斯说道，再次拍了拍布兰德先生的手臂。

“我不确信自己能理解多少。”温特沃斯先生说道，他说话的声音和手势一样奇怪。

格特鲁德仔细看着她从前的追求者，她像姐姐一样犯糊涂了。但是她的想象力发动得比夏洛特快。“布兰德先生请求你让菲利克斯带我走。”她对父亲说道。

年轻的牧师朝格特鲁德摆出了奇怪的表情。“这并非我再也不想见你了。”他说道，说话的口吻听上去是说给大家听的。

“我也没想你会愿意再见我啊。”格特鲁德轻轻地说道。

温特沃斯先生凝视着。“这难道不是个机会吗，先生？”他问道。

“是的，先生。”布兰德先生朝着某处看了看，就是没把目光对准夏洛特。“是的，先生。”他重复道。布兰德先生又拿着手帕擦了几下嘴唇。

“那我们的道义常识到哪里去了？”温特沃斯先生问道，他一向认为布兰德先生是自己脾气倔强的小女儿的绝佳人选。

“有时候做出改变是非常合乎道德的，你要明白。”菲利克斯说道。

夏洛特稍稍与妹妹的看法不同，她开始略微朝向父亲一边，现在她的手开始放在父亲的手臂上。温特沃斯先生开始将“公关员”合成为一个惊人的小指南针，一手拿着名册，一手急切地扣着另外一个人。布兰德先生看着老先生，接着尽管夏洛特离温特沃斯先生更近，老人家的眼睛没有与她相交。格特鲁德看着姐姐。

“最好别谈改变的事情。”布兰德先生说道，“从某种意义上讲，根本没有什么改变。这里有我想要的东西——我有求于你的一些东西。”他停了一下，看着有些犯糊涂的温特沃斯先生，“我应该，以牧师的职分，让两人结为一体。”

格特鲁德看着自己的姐姐，发现夏洛特脸涨得通红，温特沃斯先生感到夏洛特的手在压着自己。“天国的力量啊！”温特沃斯先生嘀咕道。这是他有生以来感到最为亵渎上帝的时刻。

“那好极了，棒极了！”菲利克斯说道。

“我就不理解了。”温特沃斯先生说道，尽管这个情况对每个人而言都好理解。

“这非常美好，布兰德先生。”格特鲁德学着菲利克斯的腔调说道。

“我应该娶你，这会让我很快乐。”

“正如格特鲁德所言，这是个非常美好的主意。”菲利克斯说道。

菲利克斯笑了起来，但是布兰德先生并没有试着这样做。他本人把自己的职责看得非常重。“我考虑过了，应该这样做。”他坚定地说道。

同时夏洛特也瞪大了眼睛。正如我所言，她的想象力动得没有妹妹快，但是现在也开始反应过来了。“父亲。”她低声说道，“准许吧！”

布兰德先生听到了夏洛特的声音，但他没看夏洛特。当然温特沃斯先生脑子里对此一点联想都没有。“我一直都这样想。”他开始慢慢地说了，“格特鲁德的性子需要特别调教一番。”

“父亲。”夏洛特重复道，“准许吧。”

最终，布兰德先生正眼看了看夏洛特。父亲感到夏洛特靠得他更近了，她之前从来没有像现在这样靠在父亲交叉的手臂上，此情此景，加上夏洛特的声音柔弱中带着几分甜意，更让老先生不清楚事情的整个脉络了。他低头看了看夏洛特，发现女儿的目光与年轻神学家相视，但是即便这个场景他也悟不出信号，他还是继续犯糊涂。无疑到了最后，“我同意。”他终于开口了，“因为布兰德先生保举了这桩亲事。”

“我想不久以后就举办仪式。”布兰德先生用非常严肃、简洁的口吻说道。

“快来吧，快来吧，那太好了！”菲利克斯语气相当不讨上帝喜欢。

温特沃斯先生坐在椅子上。“毫无疑问，当你明白的时候。”他用某种粗暴的审判口气说道。

格特鲁德走到姐姐那里，带着她走开了，菲利克斯手臂握着布兰德先生的手臂，跟着他走出了长窗，留下陷入沉思的老人独自坐于原地。

菲利克斯那天没有出工。到了下午，他带着格特鲁德，登上了一艘船，拿起很少沾水的船桨泛舟湖面。他们谈了很多关于布兰德先生的事情——还谈论了其他话题。

“这一击太漂亮了。”菲利克斯说道，“真可谓英雄壮举。”

格特鲁德坐在那里沉思，眼睛注视着水上的涟漪。“这就是他想成就的自己，他想做一些善事。”

“在为我们主持婚礼以前，他不会感到自在的。”菲利克斯说道，“这样更好。”

“他想显得自己大度，他想要一种精致的道德愉悦感，我很了解他。”格特鲁德接着说道。她说得很慢，一直注视着洁净的水面，“他想了很多，整日整夜地想，他认为这样做会非常美善，最终下定决心，他认定这是自己的职分，这样做是符合他的职责的——除此之外别无他物。他感到自己很崇高，觉得自己很庄严。这就是他想要的感觉。如果他听从自己的呼召，这对他个人而言更好。”

“这对我也更好。”菲利克斯笑道，“但是你要明白的是，至于这场牺牲，我并不认为他做出决定的时候，真的爱戴你，就像他两周之前所做的那样。”

“他从来没有爱过我，他喜欢夏洛特，布兰德先生可怜我，我太清楚他了。”

“嗯，那么，他并不是那么可怜你。”

格特鲁德稍稍看了一下菲利克斯，笑了一下。“你不应该惯着你自己。”她说道，“来抹杀他行动的伟大价值。他喜欢夏洛特。”格特鲁德重复道。

“这太好了！”菲利克斯划起船桨，笑着说道。我不能清楚地说明格特鲁德话里那几个词有暗示意义，但是菲利克斯继续划桨，两人一直划着船。

菲利克斯和他的姐姐那天都没有出席温特沃斯先生的晚宴。小木屋的两名住户一同吃饭，年轻人对他的同伴说自己的婚事现在已经成了既定的事实。尤金尼亚祝贺了弟弟，说如果菲利克斯能像当弟弟那样当一个丈夫，那么他的妻子就不会有任何抱怨了。

菲利克斯看了她一下，笑了。“我希望如此。”他说道，“不会因为自己的问题而打道回府。”

“我说的都是大实话。”尤金尼亚回答道，“某个人就因为一个很平常很沉闷的原因告吹了。就是因为床上的床垫动过了。”

但是姐弟二人晚些时候，穿行过大房子，女男爵先对未来的弟媳恭维一番。他们在柱廊上遇到了平常圈子里的人，除了克利福德·温特沃斯和丽兹·阿克顿以外其余人悉数到场，所有人如往常一样站着迎接女男爵，尤金尼亚在向格特鲁德道喜的路上有一大批捧场的观众。

罗伯特·阿克顿站在柱廊的边缘，倚靠在白色的柱子上，但当女男爵讲完一小段工整的贺词后，阿克顿发现自己就在尤金尼亚旁边。

“我很高兴能更好地认识你。”她说道，“很少有人能像你这样让我喜欢了，这是很自然而然的。现在我知道为什么了！你会有点喜欢我，是不是？我想自己可能说我在这样理解你。”用柔声和语讲完了这些话后，女男爵用非常官样的方式郑重地吻了格特鲁德的额头。

在格特鲁德的想象里，她并没有因为逐渐熟悉女男爵而消除所认为的尤金尼亚的人格所含的神秘色彩。格特鲁德对这个小仪式感到十分荣幸，情不自禁。罗伯特 · 阿克顿似乎也喜欢这一点，他欣赏明斯特夫人在众多重大场合展示个人机智的样子。

他们有机会让阿克顿坐立不安，在这个场合他突然双手插兜，走开了，接着又走了回来，靠在柱子上。尤金尼亚现在因为舅舅女儿的订婚仪式，而恭维老人家。温特沃斯先生用他惯常平和而体面的礼貌听着这些话。可以料想到的是，到了这个节骨眼上他对身边这些年轻人的相互关系变得更为敏感，但是他仍然把这件事看得非常重，老人家自己一点都兴奋不起来。

“菲利克斯会向格特鲁德证明自己是好丈夫的。”尤金尼亚说道，“他会成为魅力十足的好伴侣，他人品好——有着坚不可摧的愉悦气质。”

“你认为这是个非凡的特质？”老人问道。

尤金尼亚想了一下，眼睛盯着老人。“你认为人最终会厌倦的，是吗？”

“我也不知道自己说的什么。”温特沃斯先生说道。

“嗯，我们会这样说的，毕竟，对某些人而言这是蜜糖，对另外一些人而言是砒霜。你要明白，身为人夫，就是要成为女人的另外一个自己。所以对菲利克斯和格特鲁德，愉悦将是他们共同的品质。”

“格特鲁德总是劲头十足。”温特沃斯先生说道。他试着跟上讨论的节奏。

罗伯特·阿克顿将手从口袋里伸了出来，向女男爵稍稍走近。“你总是说你自己因为被人所知而有收获。”他说道，“十个人都会因为知道你，而有所得。”

“那你得到了什么？”尤金尼亚问道。

“深厚广博的智慧。”

“对于一个已经很有智慧的男人而言，再在智识上面更上一层楼，怕是可疑的！”

阿克顿摇了摇头，“不，在认识你之前我是十足的傻瓜。”

“作为一名傻瓜就是为了能够跟我套近乎？你这也把我夸得太高了。”

“让我一直这样吧。”阿克顿笑着说道，“我希望，为了我们的快乐，你弟弟的婚事可以让你留下来。”

“凭什么因为弟弟的婚事，我就得留下来，而不是出于自愿？”女男爵问道。

“为什么你不会因别的什么而留下来，既然就如你所说，你已经挣脱了跟欧洲固有的枷锁？”

女男爵看了他一眼："正如我所说？你看上去好像怀疑这一点。"

"啊。"阿克顿迎着尤金尼亚的目光说道，"这是我过去傻气的残余！我们还有其他吸引人的地方，我们要举办另外一场婚礼。"

但是女男爵似乎不听阿克顿的话，仍然静静地看着他。"我从来不怀疑自己说的话。"她说道。

"我们要举办另外一场婚礼。"阿克顿笑着重复道。

这时她似乎明白了，"另外一场婚礼？"她接着看看其他人。菲利克斯正在和格特鲁德谈情说爱，夏洛特远远地站在一旁，看着两人。布兰德先生站在另一处安静的角落背对着他们，一手摸着燕尾服的下摆，一手摸着头，一轮初升的小小新月撒着柔和的光芒，他看着月亮。"这应该是布兰德先生和夏洛特之间的亲事。"尤金尼亚说道，"但是看上去不像是这样。"

"出现那种情况。"阿克顿回答道，"你必须从相反的角度来判断。这比表面上看到的东西还要多。我期望他们这些天能够选择成就百年好合，但是那不是我的意思。"

"嗯。"女男爵说道，"我从来没有猜想过自己的爱人，所以我也不能猜想别人的意中人。"

阿克顿笑了一下，就在温特沃斯先生走到外甥面前的时候，阿克顿还想再回复几句。"你会有兴趣听这些东西的。"老人说道，言语中透出一股转瞬即逝的诙谐感，"关于我们这个小圈子里另外一个婚姻冒险的故事。”

“我刚刚跟女男爵说了。”阿克顿回答道。

“阿克顿先生似乎要宣布自己的终身大事。”尤金尼亚说道。

温特沃斯先生的幽默劲头又上来了。“这么说也不尽然，但也是家里的事情。克利福德今天早上听到消息，说布兰德先生很希望能够主持他妹妹的婚事，现在正在着手去做这件事，我们的好朋友应该为他自己还有丽兹·阿克顿搞个像样的范例。”

女男爵朝着自己的舅舅笑了一下，接着又转身，向罗伯特·阿克顿露出更为浓烈的笑容。“我没有考虑过这种事，当然显得非常蠢了。”她说道。阿克顿看了看自己脚下的靴子，仿佛他大概遇到了合法试验的边缘，到了这一刻尤金尼亚不再多说了。事实上这对女男爵而言是沉重的一击，她需要从中恢复过来。然而，她很快缓过神来。“新人在哪里？”她问道。

“他们正在我母亲那里过夜。”

“这事情是不是来得太突然了？”

阿克顿头抬了一下看了一眼。“来得太突然了。他们已经默认了，但是一天之内两位克利福德家族成员似乎在参加这门婚事的时候感受到了一些神秘的悸动。”

“悸动！”女男爵说道，“就是你那非常可爱的妹妹，太妩媚了。”

“但是我妹妹的妩媚已经是过去的事情了，他总是追着妹妹不放。”阿克顿又开始了自己的试验。

然而到了这里，很明显女男爵不会帮助阿克顿。“啊，人们不会说的！克利福德非常年轻，但是他是个好孩子。”

“他是个非常讨人喜爱的孩子，他会变成一个富有的人。”这是阿克顿在实验中说的最后一句话。明斯特夫人转过身去。

她短暂地拜访后，菲利克斯带着女男爵回家。在自己的小客厅里她几乎径直走到壁炉上的镜子前，拿着一根蜡烛，站在那里看着镜中的自己。“我不会干等着你的婚礼的。”她对弟弟说道，“明天我的仆人就要打点行囊了。”

“我的好姐姐。”菲利克斯说道，“我们马上就要结婚了！布兰德先生太让人感到不自在了。”

但是尤金尼亚转过身来，手中仍然拿着蜡烛，只是看着客厅里华丽的小摆件、窗帘和垫子。“我的仆人会收拾一切的。”她重复道，“*我的上帝啊*，真够糟糕的！我感到自己就是一名巡回剧团的女演员，这些都是我的财产。”

“尤金尼亚，难道戏都演完了？”菲利克斯问道。

她向弟弟猛地看了一眼：“我的台词都已经讲完了。”

“掌声何其响亮！”弟弟说道。

“哦，掌声，掌声！”她喃喃道。她收集起两三件散开的布料。她看了一眼精美的花边，“我真的不知道自己还能忍受这些！”她说道。

“再忍一下吧，参加我的婚礼吧。”

“谢谢了，这是你的事，我的事情还在别处呢。”

“你要到哪里去？”

“回德国——乘坐第一艘船。”

“你决定不嫁给阿克顿先生了？”

“我已经拒绝他了。”尤金尼亚说道。

她的弟弟默默地看着女男爵。“我很遗憾。”他最后说道，“但是我在这件事上非常慎重，就像你要求我的那样。我一句话都没讲。”

“请接着说，别再卖关子了。”尤金尼亚说道。

菲利克斯脸深沉起来。“你要遵守约定。但是你到德国具体哪个地方呢？”他问道。

“请不要在这个话题上再追问了。”

“我只是以为事情已有改变了。”

“你错了。”

“但是我认为你签了字的。”

“我没签！”女男爵说道。

菲利克斯不再追问下去了，现在他应该做的事情就是立刻帮姐姐登船。

布兰德先生当然等不及要让自己的牺牲圆满起来，要为人行百年好合之礼。但是尤金尼亚从她并没有寻求到财富的国家抽身，这一点更没有错。事实上她并没有做出太多努力，但是在这片并不对优雅女性友好的粗野大陆上，她似乎感到自己总结和判断行动条件是准确无误的，毕竟旧世界是自然田野。女男爵面对在自我叙述中谈到的小圈子的观众，得出的精妙结论是这些人出奇的率真，毫无拘谨之态，不过这些绝佳的人格展示出生活历练已经赋予了他们无可企及的柔性。这在罗伯特·阿克顿身上起到了明显的效果，就在女男爵离开的前两天，罗伯特感到坐立不安，十分恼火。女男爵在舅舅家里度过了最后一夜，那一刻她显示出从来没有过得如此幸福，在克利福德·温特沃斯与订婚与新娘一同离开时，女男爵从自己的手指上卸下一枚珍贵的旧戒指，献给了新娘，并送上最美的祝福，还吻了她。即将出闺的格特鲁德对这份亲切的赠礼很感激，对这个小插曲觉得非常惊喜。罗伯特·阿克顿疑惑自己身为丽兹的兄长和监护人，到底够不够格向女男爵回赠礼物。如果他能够回赠给女男爵礼物，自己会不会非常开心，但是他克制自己没提出这个要求，结果到头来让自己显得不那么自在。到了很晚的时候，罗伯特·阿克顿才见到女男爵——在女男爵去波士顿的前一夜晚些时候。

“从我自己的角度来说，我希望你能留下来。”他说道，“但是这并不是出于你的目的。”

“我并没有那么多不同。”女男爵说道，“我只是很遗憾自己要走了。”

“你说的不同，要比我更为深远得多。”阿克顿说道，“对你来说你会更快乐！”

菲利克斯在甲板上与她道别。“我们会经常见面的。”他说道。

“我不知道。”她说道，“对我而言，欧洲似乎要比美国广阔得多。”

当然在随后的那些天里，布兰德先生不是唯一一个心情迫不及待的人，可以说所有关注这件大事的年轻灵魂，他们的心再迫切，但都不如这喜事本身降临得快。格特鲁德随着菲利克斯·扬离开了父亲的房间，他们洋溢着平静的幸福，去了远方。克利福德和年轻的妻子在更窄的圈子里寻找自己的幸福，菲利克斯向温特沃斯先生提出一套理论，认为与聪慧的女性轻松交往，可以对男人有促进作用，而妻子对克利福德的影响惊人地证明了这一点。格特鲁德在外面待了很长一段时间，在夏洛特嫁给布兰德先生的时候回来了。菲利克斯快乐的神情一点没变。格特鲁德出席了婚宴，然后她又消失了，去追寻自己的快乐，这种快乐常常混合着丈夫的快乐，她也经常回到早年居住过的老家探望。温特沃斯先生最终也就听之任之了；罗伯特·阿克顿在母亲去世后，娶了一位非常年轻漂亮的姑娘。

（全书终）

图书在版编目(CIP)数据

欧洲人 / (美) 亨利·詹姆斯著；郑植译. — 长春：吉林出版集团股份有限公司, 2017.8
(慢书单)
书名原文: The Europeans
ISBN 978-7-5581-2896-7

Ⅰ. ①欧… Ⅱ. ①亨… ②郑… Ⅲ. ①中篇小说—美国—近代 Ⅳ. ①I712.44

中国版本图书馆CIP数据核字(2017)第195811号

欧洲人

著　　者	[美]亨利·詹姆斯
译　　者	郑　植
创　　意	吉林出版集团·北京汉阅传播
总 策 划	崔文辉
策划编辑	齐　琳
责任编辑	曲珊珊
封面设计	晴晨时代
开　　本	880mm × 1230mm　1/32
字　　数	153千
印　　张	8.5
版　　次	2020年6月第1版
印　　次	2020年6月第1次印刷
出　　版	吉林出版集团股份有限公司
发　　行	北京吉版图书有限责任公司
地　　址	北京市西城区椿树园15-18号底商A222 邮编：100052
电　　话	总编办：010-63109269 发行部：010-63104979
官方微信	Han-read
邮　　箱	beijingjiban@126.com
印　　刷	三河市元兴印务有限公司

ISBN 978-7-5581-2896-7　　定价：36.00元